...

DE SAN-ANTONIO EN VOIE D'ENRACINEMENT À MONTRÉAL. ET IL A TROQUÉ BÉRURIER CONTRE UNE BROCHETTE DE PERSONNAGES RAPPELANT CEUX DE MICHEL TREMBLAY ET TRAVAILLANT DANS UNE SALLE DE RÉDACTION... »

La Presse

« IMAGINEZ UN POLAR ÉCRIT PAR UN NORD-AFRICAIN QUI A ÉTUDIÉ EN FRANCE AVANT DE S'ÉTABLIR AU QUÉBEC. ÇA DONNE QUELQUE CHOSE COMME DU SAN ANTONIO QUI AURAIT TREMPÉ QUELQUE TEMPS DANS LE FAUBOURG À M'LASSE... »

Voir *(Montréal)*

« MALACCI (L'AUTEUR) A TOUT CE QU'IL FAUT POUR ÉCRIRE UN BON ROMAN POLICIER : LE SENS DU RYTHME, TANT AU NIVEAU DE LA LANGUE QUE DU RÉCIT, DE L'INTRIGUE QUI SE TIENT, DU DIALOGUE PERCUTANT... »

Nuit blanche

« [...] UN TALENTUEUX AUTEUR DE ROMAN POLICIER. »

Allô-Vedettes

Lames sœurs

Du même auteur

La Belle au gant noir. Roman.
Montréal, Québec/Amérique, Sextant 5, 1994.

Les Filles du juge. Roman.
Montréal, Québec/Amérique, Sextant 10, 1995.

LAMES SŒURS

ROBERT MALACCI

ALIRE

Données de catalogage avant publication (Canada)

Malacci, Robert, 1942-

Lames sœurs

(Romans ; 8)

ISBN 2-922145-07-7

I. Titre.

PS8576.A531L35 1997 C843'.54 C97-940889-X
PS9576.A531L35 1997
PQ3919.2.M34L35 1997

Illustration de couverture
PORTE FOLIO : JACQUES LAMONTAGNE

Photographie
THOMAS LICCIONI

Diffusion et distribution pour le Canada
Québec Livres

Pour toutes informations supplémentaires
LES ÉDITIONS ALIRE INC.
C. P. 67, Succ. B, Québec (Qc) Canada G1K 7A1
Télécopieur : 418-667-5348
Internet : www.alire.com

Dépôt légal : 3e trimestre 1997
Bibliothèque nationale du Québec
Bibliothèque nationale du Canada

10 9 8 7 6 5 4 3e MILLE

Voici la profondeur de la nuit,
le marc au fond de la tasse de café.

New York Blues (William Irish)

CHAPITRE 1

J'ai horreur du froid. C'est de naissance, j'y peux rien. Je ne suis pas un pingouin et il faut qu'il fasse au moins vingt degrés pour que j'aie un peu le moral. Sinon, je patiente. Alors quand Sahara m'a appelé, hier, je ne suis pas près de l'oublier : il faisait moins trente-deux (Celsius pas Fahrenheit !) et j'avais pas envie de sortir, même si je n'avais plus de café. J'ai décroché le téléphone en râlant.

—Qui que vous soyez, vous devez vous tromper de numéro !

—Robert ?

—Mouais !

—Sahara... tu te souviens de moi, j'espère ?

—Ah ben ça !... pour une surprise !

—J'aimerais te voir rapidement, c'est possible ?

—Ça dépend... avec le froid qu'on a, faudrait un super programme pour m'obliger à foutre le nez dehors !

Elle s'est mise à rire.

—Toujours aussi frileux, hein ?

—Eh oui !... et toi, toujours flic ?

—Évidemment ! tu travailles encore pour *Écho-Matin* ?

—Hélas !

—Je pourrais venir chez toi à neuf heures, demain soir ?

—Bien sûr... note ma nouvelle adresse.

—Je l'ai déjà.

—Comment ça ?

—Je ne suis pas dans la police pour rien, tu sais !

—Ah ! c'est fou comme ça me rassure ! Tu crois que je devrais demander à un avocat d'assister à notre rencontre ?

—Il ne te serait d'aucune utilité. Bon, salut, à demain !

Et elle avait raccroché en me laissant songeur. Elsa Castillo, dite Sahara. On l'avait surnommée ainsi parce qu'un jour, revenant d'Algérie, elle avait vanté à son entourage la beauté du Maghreb. Elle était tellement emballée, en parlait avec tant d'enthousiasme que le sobriquet de Sahara lui avait été donné. Faut dire qu'avec son nom, son teint mat, ses cheveux et ses yeux noirs, on pouvait facilement lui attribuer des origines méditerranéennes. Comme de fait, ses parents étaient espagnols et ce surnom lui allait très bien, finalement.

La dernière fois qu'on s'était vus, ça n'avait pas été très joyeux. On s'était engueulés et je l'avais beaucoup regretté, parce que Sahara c'était quand même pas rien. Mais son ton au téléphone m'avait laissé perplexe. Ce n'était pas celui d'une nana qui avait un surplus d'hormones et qui voulait se faire soulager par un bon Samaritain comme moi. Pour la cabriole j'aurais dit oui sans hésiter avec elle mais, bon, je ne suis quand même pas obsédé à ce point-là, comme certains peuvent penser. Ensuite, j'avais appelé Pouliot au journal avec l'excuse habituelle au-dessous de moins vingt degrés :

—Ma Renault démarre pas, Alfred, j'espère qu'il n'y a rien de prévu aujourd'hui !

—Tabarouette, Malacci, quand est-ce que tu vas t'acheter une vraie caisse ?

—Quand les poules feront du surf !

Après ça j'ai glandé toute la journée en relisant un Chandler, *la Dame du lac*, et en regardant la télé. J'ai aussi commandé une pizza et une tasse de café, ou plutôt cette eau tiède colorée qu'on appelle café ici.

Le lendemain il fait aussi froid et, après un tour rapide au journal où rien de précis ne m'oblige à rester, je vais faire une ou deux courses et je rentre. Je n'ai pas cessé de penser à ce coup de fil de Sahara. À vingt et une heures tapant, elle se pointe avec un porte-documents et me gratifie d'un sourire tiède. On se fait à peine la bise.

—Salut, Robert, tu vas bien ?

—Mouais... si on veut.

Comme je m'y attendais, elle est toujours aussi belle. Le contraire m'aurait étonné, ça fait seulement un an que je ne l'ai pas revue.

—Je t'offre quelque chose ?

—Un thé, je veux bien.

—J'en ai jamais, mais j'ai du café.

—Non, merci. Une tasse d'eau chaude, ça ira.

Elle s'assied en allumant une cigarette.

—Tu n'avais pas arrêté de fumer?

—Si, mais j'ai recommencé.

—Ah!

Quand je lui apporte sa tasse d'eau, Sahara me regarde d'un air ironique.

—Merci. Tu n'as pas pris un peu de ventre, toi?

—Possible. Depuis que tu m'as largué, c'est pas l'exercice qui...

—À d'autres! me coupe-t-elle en ricanant.

—Bon. Pourquoi voulais-tu me voir si vite?

—Tu es au courant de ces horribles meurtres de femmes, à Montréal, depuis deux ans?

—J'y suis pour rien: juré, craché!

—C'est ça qui m'amène.

Elle ouvre son porte-documents et en sort quelques photos qui me font lever le cœur. C'est le genre de clichés que j'ai toujours refusé de prendre. Ils représentent des corps de femmes atrocement mutilées : seins coupés, yeux crevés ou oreilles sectionnées. Sur leurs ventres, on a tracé un nom à l'encre rouge ou avec du sang, je ne sais pas.

—Pourquoi tu me montres ça, bordel?

—Je m'intéresse à ces meurtres.

—Alors dépêche-toi de trouver l'enculé qui a fait ça, mais remballe tout sinon je vais vomir!

—Je ne suis pas seule sur cette affaire.

—Mais qu'est-ce que tu veux que ça me foute, Sahara?

—Calme-toi et laisse-moi t'expliquer. Je ne suis pas venue pour rien, Robert, mais parce qu'on aurait peut-être besoin de toi!

—De moi?

—Oui.

—Et qui ça, « on » ?

—Léo Lortie et moi.

—Ton petit ami ?

—Non. Léo est patrouilleur au poste 33. On a fait l'école de police de Nicolet ensemble. Ensuite, nos chemins ont été différents. Moi, comme tu sais, j'ai été garde du corps de ministres pendant quelques années.

—Je me souviens, tu pratiquais ton judo sur moi quand on s'est connus !

Elle sourit un peu en approuvant de la tête.

—Oui, mais maintenant je suis enquêteur à la Sûreté du Québec.

—Félicitations ! C'est ce que tu espérais, non ?

—Oui. Les crimes en question sont, normalement, du ressort du Service des renseignements criminels de la CUM, Place Versailles.

—Où on n'entre pas en criant : « Coucou, je viens pour *Écho-Matin* ! »

—Exact. Or, depuis, l'enquête n'aboutit pas. La CUM a contacté mon service une ou deux fois afin de recouper certaines informations, mais ça n'a rien donné d'important. Le tueur continue de frapper. L'autre nuit, c'était sa quatrième victime : une danseuse *topless* du Baby Sitter.

—Et alors ?

—Bientôt je dois donner un cours de « Techniques d'enquête sur les crimes graves » au Collège canadien de police, à Ottawa.

—Chanceuse, c'est une jolie ville !

—Ne te moque pas, je suis sérieuse !

—OK.

—Bon. Pour préparer mon cours, j'ai voulu prendre comme exemple d'enquête celle qui a lieu à propos de ce tueur en série. Or j'ai appris qu'un des meurtres, celui de Viviane Pinchaud, avait eu lieu dans le district 33, celui où est affecté Léo, et que c'est lui qui avait découvert le corps. Ça me donnait une bonne raison de revoir Léo, mais je ne me doutais pas de ce que j'allais découvrir ensuite.

—Quoi donc ?

—Depuis le crime de cette femme, Pinchaud, Léo menait une enquête personnelle avec l'autorisation de son supérieur, Di Sario. Léo voulait devenir enquêteur quand il était à l'école de police, mais il avait échoué à l'examen.

Sahara va fouiller dans les photos et m'en présente une.

—Le meurtre récent de cette danseuse, Renée Lahaie, est la preuve que le tueur continue son cycle macabre. Le nom d'un des sept nains de Blanche-Neige était marqué sur son ventre, son pubis rasé... sans parler du reste.

Sur la photo, je constate que le corps est dans le même état épouvantable que les autres. Je lis ce qui est marqué sur son ventre : SIMPLET.

—Le sexe rasé, pour une *topless,* c'est courant ! je note.

—C'est vrai, mais les victimes précédentes ont eu leur sexe rasé sur place. Les poils pubiens étaient encore près des corps.

—Bon... mais je ne vois toujours pas ce que je viens faire là-dedans !

—J'y arrive. J'ai donc rencontré Léo une première fois et il était content de me revoir, même si je lui rappelais ce poste d'enquêteur qu'il n'a jamais pu obtenir. Sur sa découverte du corps de

Pinchaud, je n'ai rien appris de plus que ce que le rapport de la CUM m'avait dévoilé. Or, l'autre jour, Léo m'a téléphoné et a demandé à me rencontrer. C'était urgent, disait-il...

Chapitre 2

—Ce soir-là, continue Sahara, ma poêle a pris feu et l'huile enflammée s'est répandue rapidement. J'ai aspergé les flammes avec du bicarbonate, mais j'en ai versé un peu trop et quand Léo a sonné, ma cuisine était pleine de fumée. On a échangé un bec rapide sur la joue.

—Entre, Léo, mais tu tombes mal comme tu peux voir... ou sentir !

—T'as un problème ?

—Oui, je suis plus douée pour « flamber » un steak que pour le faire cuire. Pourquoi voulais-tu me voir si vite ?

—J'ai parlé de toi à Di Sario.

—Ah !... pour quelle raison ?

—Tu sais qu'il m'avait permis de mener des recherches sur le tueur en série ?

—Oui, c'est atroce ces meurtres... et ça continue !

—Je n'ai jamais pu trouver le moindre indice et j'ai décidé d'abandonner. Faut croire que je n'ai pas échoué à l'examen d'enquêteur pour rien !

—Tu sais, ce boulot demande surtout beaucoup de patience et un peu de chance. Il arrive, parfois, d'avoir une révélation à partir d'un détail qui nous avait paru banal !

—C'est ce que Di Sario pense aussi. Il aimerait que je continue, sauf que je n'y tiens plus, alors je lui ai suggéré que tu pourrais m'aider !

—Wow !... comment ça ?

—Je lui ai parlé de ton amie d'enfance qui avait été violée et assassinée.

—Oui, Sophie !... Qu'a dit Di Sario ?

—Rien pour l'instant, mais je ne suis qu'un patrouilleur municipal et toi, tu travailles à la SQ, ça m'étonnerait que ça marche.

—C'est vrai. Il faudrait l'autorisation de mon supérieur mais, surtout, celle du Service des renseignements criminels de la CUM. Cette affaire est de leur domaine.

—C'est bien ce que je pense et c'est pour ça que j'ai parlé de toi à Di Sario ! Il sait très bien que ce serait impossible, mais il fallait que je t'en parle vite et que tu sois au courant.

—Je comprends. Mais, dis moi, qu'est-ce qui t'avait décidé d'entreprendre une enquête personnelle sur ces crimes ? Tu connaissais une des victimes ?

—Non, pas du tout. C'était comme un défi pour prouver que j'aurais pu être un aussi bon enquêteur que d'autres !... qui sait ?

—Et, maintenant, tu n'y tiens plus ?

—C'est ça... je n'ai pas les nerfs assez solides pour des meurtres aussi monstrueux. Je me demande comment tu peux faire quand tu enquêtes sur des dossiers pareils !

—J'ai toujours le visage de Sophie devant les yeux... elle m'aide à ne pas flancher.

—Ah ! ... et on n'a jamais trouvé le coupable ?

—Non. Donc, si jamais Di Sario me contacte, ce sera pour confirmer que nous ne pouvons travailler ensemble sur cette enquête.

—Oui. Avec toi, j'aurais peut-être changé d'avis, mais bon...

—Merci quand même d'avoir pensé à moi ! En attendant je meurs de faim et ma voiture est au garage. Tu viendrais dîner avec moi quelque part ?

—Non, Denise m'attend, mais je peux te déposer où tu veux !

De fortes rafales soufflaient par moments et il faisait très froid, je me souviens : moins dix-huit degrés Celsius, lesquels avec le vent équivalaient à moins vingt-cinq, comme le mentionnait l'annonceur de CKLM dans la voiture de Léo. Mais Léo se fichait du temps car une chose le préoccupait par-dessus tout. Entre l'odeur d'huile brûlée de ma cuisine, plus mon eau de toilette dont il sentait l'émanation depuis notre baiser furtif, il pensait à ce que Denise pouvait lui demander à propos de l'étrange senteur qu'il devait dégager. Vois-tu, Robert, sa femme me semble être la jalousie incarnée... tout le contraire de moi !

Quelques jours plus tard, Di Sario souhaitait me voir à son bureau et j'allai l'y rencontrer. Je me doutais bien pourquoi il m'avait contacté, bien sûr ! Une fois exposée la raison de son appel, l'enquête parallèle de Léo, il s'est adressé à moi avec un air finaud.

—Je sais que si Léo a songé à vous, à propos de ce dossier qui le préoccupait, c'est à cause de vos qualités personnelles, certainement... Vous vous connaissez depuis longtemps, n'est-ce pas ?

Il croyait probablement que Léo et moi étions amants.

—Oui, on a fait l'école de police ensemble, mais on ne s'était plus revus depuis ce temps.

—Léo avait une bonne idée en pensant à vous, car je me suis renseigné à votre sujet et je n'ai eu que des références excellentes. Hélas, à moins d'une demande officielle, je ne peux vous jumeler à lui pour poursuivre son enquête. Nos services respectifs fonctionnent indépendamment l'un de l'autre. De plus, Léo est un simple patrouilleur, il n'a aucune formation d'enquêteur et ma demande serait rejetée sans être étudiée.

—Je m'en doutais, capitaine, mais pourquoi vouliez-vous me voir alors ?

—Je voulais savoir une ou deux choses : Léo vous a-t-il dit comment il avait réagi en découvrant le cadavre de Viviane Pinchaud ?

Sa question m'a laissé perplexe.

—Comment ça, réagi ?... je ne comprends pas. Léo a du suivre la procédure habituelle : position du corps, recherches de traces éventuelles du meurtrier, etc. Le travail requis dans cette situation.

—Rien d'autre ?

—Pas que je sache, en tout cas !

—Hmm !... Même si ses efforts n'ont rien donné, jusque-là, je m'attendais à ce que Léo persévère, mais le meurtre de cette *topless*, l'autre nuit, semble l'avoir secoué. Tout ça est de ma faute, je n'aurais jamais dû l'autoriser à travailler sur ce dossier.

—Vous m'intriguez, capitaine ! Pourquoi m'avoir convoquée, surtout ?

—Je vous l'ai dit, j'espérais apprendre certaines choses concernant Léo et comprendre pourquoi il avait décidé de tout abandonner subitement.

—Pas tout à fait, puisqu'il a pensé que je pourrais l'aider.

—Vous vous doutiez bien que ce serait impossible !

—J'attendais d'en avoir confirmation.

—De toute façon, même si le souhait de Léo avait pu se concrétiser, il y a une chose que vous auriez eu du mal à accepter.

—Laquelle ?

—Il aurait fallu me tenir au courant de toutes vos démarches, comme je l'avais exigé pour Léo.

—Oui, c'est vrai... j'aurais eu du mal. Je n'aime pas avoir de chaperon sur le dos !

—C'est bien ce que je pensais, alors n'en parlons plus.

Je l'ai quitté en ayant qu'une idée en tête, car notre conversation m'avait plus qu'intriguée. J'étais certaine que Di Sario et Léo m'avaient caché des choses à propos de cette Viviane Pinchaud que Léo avait découverte assassinée un soir de patrouille. Dès mon retour au bureau, je suis allée voir mon supérieur, le commandant Trottier. Invoquant des jours de congé que je n'avais jamais pris, ainsi que mon cours prochain à préparer pour Ottawa, j'obtenais d'être exemptée de service pendant trois semaines. Aussitôt, je téléphonais à Léo pour lui annoncer que notre équipe pouvait se constituer. S'il le décidait, il pouvait en aviser Di Sario, sinon nous pourrions travailler sans que Di Sario le sache.

Le soir même, Léo passait me prendre dans sa voiture.

—Prends le volant, Sahara.

Durant quelques minutes il a observé ma conduite. À trois reprises, m'a-t-il dit pendant qu'on roulait, il avait dû engager une poursuite et, chaque fois, il avait réussi à immobiliser les fuyards sans abîmer sa voiture-patrouille. Depuis, ses collègues le surnommaient *Bullit* à cause du film du même nom où Steve McQueen dévale les rues de San Francisco à toute vitesse. Même si je conduis bien, Léo a voulu tester mes réflexes. À un croisement, il m'a demandé :

—Brûle le stop et tourne à droite !

La voiture a glissé, cul vers la gauche, mais j'ai vite braqué dans le sens du dérapage en accélérant juste assez.

—C'est beau.

—J'ai fait des courses sur glace, ça aide !

Ensuite on n'a rien dit, en roulant à faible allure pendant un moment.

—Pourquoi as-tu demandé de prendre ce congé, maintenant et pas avant ?

—J'ai repensé à notre discussion et à ce que tu m'as dit à propos du défi que tu t'étais donné.

—Et alors ?

—Ça m'a rappelé ma première enquête et la façon dont certains collègues se sont moqués de moi quand j'ai refusé leur aide.

—Ils doutaient de tes capacités ?

—Plus que ça. Certains m'ont même dit que j'aurais mieux fait de leur laisser ce dossier avant qu'il devienne trop volumineux !

—Quel dossier ?

—C'était celui du pédophile de Drummondville, tu sais celui dont on avait tant parlé à l'époque ?

—Oui, je me souviens.

—C'est moi qui l'ai trouvé et, depuis, on ne s'est plus jamais moqué de moi à la SQ. Je me suis dit que tu devais être aussi mal, en ce moment, que je l'avais été quand on doutait de moi. C'est mauvais de rester sur un échec. Enfin, c'est ce que je pense. Alors, si tu veux bien, je suis prête à t'aider. C'est tout.

—C'est gentil, mais je ne pense pas qu'on arrive à un résultat en deux ou trois semaines !

—On verra bien. Comment as-tu mené tes recherches jusqu'ici ?

—Par les moyens classiques : interrogatoires des rares témoins, relevés d'empreintes, passé des victimes... sans résultats. Les femmes ont été surprises la nuit en allant, ou en revenant, d'un rendez-vous quelconque.

—Elles ont toutes été égorgées, n'est-ce pas ?

—Oui, en plus du reste.

—Violées ?

—Non, jamais.

—Hmm !... c'est affreux, j'allais dire : « Dommage !»

—Je sais. On aurait pu avoir une analyse de sperme.

—Exact. J'imagine que tu n'as pas eu accès aux rapports d'autopsies.

—Si.

Ça m'a surprise, car je ne savais pas comment il avait pu y parvenir.

—Ah bon !... est-ce qu'il y a des indices qui se retrouvent d'un crime à l'autre ?

—Trois surtout. Les victimes ont eu le sexe rasé sur place, leur culotte mise dans la bouche et le nom d'un des sept nains de Blanche-Neige tracé sur le ventre.

—Oh ! Ce ne sont pas des indices, ça, c'est surtout une signature !

—C'est aussi ce que je pense... sauf que le tueur n'en reste pas là : il mutile les corps.

—De quelle façon ?

—Soit il coupe un sein, ou la langue, ou alors il crève les yeux. Je n'ai jamais compris pourquoi il s'acharnait comme ça. La danseuse du Baby Sitter, il lui a tranché les oreilles. Ça voudrait dire quoi, d'après toi ?

—Que c'est un animal sauvage qu'il faut trouver avant qu'il frappe encore. Rien d'autre !

—Mais c'est un animal intelligent, ce qui le rend encore plus dangereux.

—Oui, ce qui explique pourquoi l'enquête piétine à la CUM. On va tout reprendre depuis le début, Léo... à moins que tu aies une meilleure idée ?

Il n'a pas répondu de suite.

—Hmm !... oui, j'avais bien pensé à quelque chose, mais je ne sais pas si...

—Dis toujours.

—J'avais cru que j'aurais pu essayer... de l'agacer.

—Comment ça, « l'agacer » ?

Léo a hésité un peu avant de poursuivre.

—Ben ! en lui faisant croire qu'il y avait quelqu'un de plus doué que lui !

Je n'ai pas réagi sur le coup. Je m'attendais à tout, sauf à ça.

—J'aimerais fumer.

—C'est bon, arrête-toi.

Je me suis garée et j'ai fermé le moteur.

—Explique-toi mieux.

—Je me suis dit que s'il y avait une chose qui pouvait forcer ce malade à se découvrir, c'est une sorte de challenge !

—Quel genre de challenge ?

—Inventer des meurtres, comme ceux qu'il a commis, et lui lancer le défi de faire mieux... ou même faire croire que c'est quelqu'un d'autre que lui qui a tué une de ses victimes !

—Une sorte d'appât ?

Léo a souri.

—Oui. En mentionnant ces choses dans la presse, avec messages adressés au bonhomme en espérant qu'il se manifeste et qu'on le localise. Pas très courante comme méthode, d'accord, mais j'en étais arrivé à ça comme moyen possible !

J'ai continué de fumer sans rien dire. Dans ma tête résonnaient les propos de Di Sario : « Il aurait fallu me tenir au courant de toutes vos démarches... comme je l'avais exigé pour Léo ! »

—Di Sario n'acceptera jamais ça.

—C'est évident !

—Admettons qu'on ne lui dise rien, comment tu procéderais, concrètement ?

Léo a réfléchi longuement avant de répondre.

—L'idéal serait de trouver un journaliste, pour servir de lien entre mon faux tueur et le vrai, pour qu'il passe mes messages dans son journal. Ensuite, il faudrait espérer des réponses.

—Pas seulement. Faudrait mettre aussi le téléphone du journal sur écoute. Le tueur pourrait très bien appeler ce journaliste à son travail... et il faut une bonne raison pour obtenir une écoute électronique !

—C'est vrai, mais on n'aurait pas besoin de faire ça. Le tueur ne se servirait jamais de son téléphone. S'il appelle, ce sera certainement d'une cabine.

—Cabine ou non, on aurait pu avoir une idée de lui à défaut d'un portrait-robot : par son vocabulaire surtout. La voix de quelqu'un est aussi importante que son visage, mais oublions ça. Jamais on ne nous permettra de placer le téléphone d'un journal sur écoute. Nous n'avons pas de mandat officiel d'enquête, Léo !

—C'est vrai. Oublions ça, je me doutais que ce n'était pas génial comme plan !

Néanmoins, j'ai voulu en savoir plus.

—Si jamais tu avais pu, tu aurais pensé à qui comme... première « victime » ?

—Peu importe... une étudiante à un arrêt de bus, une femme à la sortie d'une discothèque. Ce n'était pas ça l'important, puisque ces personnes n'existeraient pas, mais la façon dont on les aurait soi-disant tuées afin de pousser l'autre à réagir.

—Et comment ton tueur aurait procédé ?

—Avec le même genre d'arme que le vrai : une lame et un scalpel. Ensuite, ce serait une question d'imagination... ou de souvenirs !

Je n'ai pas réagi de suite. Léo semblait planer dans une bulle, le regard lointain et un léger rictus aux lèvres. J'en ai eu la chair de poule. Que voulait-il dire par « souvenirs » ? Alors, soudain, j'ai pris ma décision. J'ai jeté ma cigarette et j'ai redémarré.

—OK ! je connais un photographe de presse : Malacci, Robert Malacci. Ça se pourrait bien qu'il accepte de jouer le jeu... si on peut appeler ça un « jeu » !

Léo est resté surpris.

— Ce type, c'est un *chum* à toi ?

— Un ex, mais il est assez *flyé* pour embarquer dans ton plan !

— Alors... mais s'il accepte, ce... comment déjà ?

— Malacci.

— S'il accepte, il ne faudra pas que Di Sario apprenne ce qu'on veut faire !

— Évidemment, Léo. Je suis un peu jeune pour penser à la préretraite !

Quand j'ai revu Di Sario, Léo l'avait averti de ma démarche et de ma disponibilité volontaire. J'étais prête à travailler avec lui. Incognito, bien sûr.

— J'imagine que vous avez réfléchi aux conséquences qu'une telle supercherie pourrait avoir pour vous, si elle était découverte, Castillo ?

— Non, mais j'assumerai si nécessaire !

— *Anyway*. Je dois vous rappeler une chose à laquelle je tiens absolument, que vous soyez pour ou non. Il faudra me tenir au courant de toutes vos démarches. Je dis bien toutes et que Léo soit d'accord ou pas !

— Mais vous craignez quoi, exactement, capitaine ?

— Ça me regarde.

Il est ensuite allé chercher des documents.

— Voilà les rapports d'autopsies. J'ai pu en avoir copies, mais ça n'a pas été facile, car je n'avais aucune raison valable de les obtenir. Lisez-les, ensuite vous me donnerez votre réponse :

si vous refusez ma condition, l'affaire en restera là. Je reviendrai tout à l'heure.

Comme le mentionnaient les conclusions du médecin légiste, les victimes possédaient les mêmes points communs : tuées à l'arme blanche, leurs corps massacrés et leur sexe rasé sans avoir été violées. Chacune portait le nom d'un des sept nains sur son ventre : « Joyeux » pour Anne Labelle, « Atchoum » pour Viviane Pinchaud, « Le Prof » pour Emmanuelle Lachance et « Simplet » pour Renée Lahaie.

Quand Di Sario est revenu, j'avais terminé la lecture des rapports d'autopsies.

— Alors, quelle est votre décision ? m'a-t-il demandé en s'approchant.

— Bien que je la trouve bizarre, j'accepte votre condition. Je vous ferai rapport de « toutes » nos activités, à Léo et à moi.

— Bon... Vous pourrez me joindre au téléphone ici, dans la journée. Dernière chose : tout ce que vous pourrez entreprendre avec Léo est non officiel, évidemment !

— Évidemment !

Chapitre 3

Sahara a fini de me raconter ce qu'elle voulait et elle s'allume une autre cigarette. Au fur et à mesure que je prenais connaissance du plan de Léo, j'imaginais les pires conséquences autant que la réputation que pouvait me valoir une arnaque pareille. Piéger le tueur avec de faux articles ne me posait pas de problèmes de conscience. Si c'était découvert, je serais peut-être viré d'*Écho-Matin*. Un autre journal aussi pourri pourrait m'employer, ici ou ailleurs. Par contre si, grâce à moi, Léo et Sahara arrivaient à coincer l'assassin, le Conseil de presse pardonnerait certainement mon entourloupette.

D'accord, ce type était complètement fêlé et ça devenait urgent de le trouver, mais ça n'était qu'un cinglé de plus. Ce qui le caractérisait, c'était ces noms des sept nains qu'il écrivait sur ces pauvres filles. Je me disais que, plus qu'une armée de flics, c'était surtout d'un bon psychiatre que la police avait besoin. Les mutilations atroces et ces inscriptions devaient forcément tracer un portrait psychologique significatif du meurtrier.

La seule chose dont j'étais sûr, c'était que Sahara devait m'avoir encore un peu à la bonne pour avoir suggéré mon nom à Léo.

—Ouais, c'est pas banal tout ça !

—Qu'est-ce que tu penses de ma proposition, en ce qui te concerne ?

—Attends un peu ! On s'est pas vus depuis un bout de temps et tu m'arrives avec l'idée d'un collègue qui aimerait trouver un psychopathe, en se servant de moi dans *Écho-Matin* ?

—Oui.

—Et Di Sario, tu ne le mettras pas au courant ?

—Non. Je n'ai pas l'intention de lui parler de l'idée que Léo a eue : une compétition à distance avec ce déséquilibré. Le danger est que si tu nous aides à publier de faux crimes, et si jamais le tueur les lit, il ne se contentera peut-être pas d'y répondre. Il pourra très bien faire de nouvelles victimes plus vite que jamais ! Question à mille points maintenant : le plan de Léo a-t-il une chance de réussite, avec ou sans toi ?

—Avant de te donner une réponse, j'aurais besoin de le rencontrer, ton Léo.

—Très bien... demain soir à dix heures, chez moi ?

—D'accord... si je ne suis pas congelé d'ici là.

—Tu te souviens de mon adresse ?

—Je ne l'ai jamais oubliée, voyons, Sahara !

Elle a eu un petit rire sarcastique, pour me rappeler que ça ne prenait pas avec elle ce genre de sous-entendu gros comme un wagon. Puis, elle se lève et range son dossier. Je ramasse sa tasse d'eau qu'elle a à peine touchée.

—Est-ce qu'il carbure à l'eau chaude, aussi, ce Léo ? je demande, ironique.

—Je ne sais pas, mais je peux te dire qu'il ne boit jamais d'alcool.

—C'est pas lui qui doit mettre l'ambiance dans un party !

—Je crois qu'il ne les fréquente jamais... pas comme toi !

—Bien sûr !... d'ailleurs c'est comme ça qu'on s'était rencontrés, tu te souviens ?

—Oui, pour le meilleur qui est passé... et pour le pire, qui est peut-être à venir !

Elle secoue la tête en souriant et vient me faire une bise éclair sur la joue, avant de sortir. Je reste planté comme un idiot, pas tant à cause de son baiser éclair que par l'arôme qu'elle a laissé derrière elle. C'est toujours le même et je me souviens que je n'ai jamais su lequel c'était. Elle n'a jamais voulu me le dire. Les quelques fois où j'ai voulu le connaître, Sahara avait éclaté de rire : « Pourquoi tu veux savoir ça, Robert, pour que tu ailles offrir mon eau de toilette préférée à une autre de tes copines ? *No way* ! »

Le lendemain, je me pointe à l'heure dite chez elle, ma Renault ayant consenti à me trimbaler après quelques démarrages asthmatiques. Sahara habite toujours le même trois pièces cuisine, sur la rue Roy, presque au coin de Saint-Denis. En grimpant l'escalier, je songe à la première fois où je l'avais gravi, avec elle devant moi. En fait, je songe surtout à ce que je pensais à ce moment-là. Folichon, ce souvenir. Comme disait Sacha Guitry : « Le meilleur moment dans l'amour, c'est quand on monte l'escalier ! » Il n'avait pas tort mais j'aurais pu ajouter que, ce soir-là, mon imagination ne m'avait pas trompé. Bref, sur ce *flash* agréable, je sonne. Le visage qui m'apparaît chasse vite mes pensées grivoises : un flic en uniforme, le regard fixe, une coupe en brosse sur des cheveux noirs et une large balafre sur le front. Il doit avoir trente ans maximum.

—Sahara est là ?

—Oui.

J'entre au moment où Sahara sort de sa chambre.

—Oh ! ponctuel, fait-elle remarquer. Léo, voici Robert Malacci. Robert, Léo Lortie.

On s'installe dans le coin salon et chacun prend place de son mieux. Sahara dans l'unique fauteuil, Léo sur une chaise haute en rotin boudiné et moi, sur un vieux pouf. Une caisse de bières est ouverte, à terre.

—Tu veux une bière ? me demande Sahara.

—Non, pas assez chaud pour ça. Quand il fera quarante à l'ombre, pas avant !

Elle me regarde, puis devant mon air canaille, elle se souvient.

—Robert est un pince-sans-rire, Léo. Faut pas toujours prendre au sérieux ce qu'il dit !

Léo esquisse ce qui doit être un sourire.

—Le genre farceur, c'est ça ?

Sa voix va bien avec le reste : froide, impersonnelle.

—Pas du tout, bien que parfois j'aime jouer des tours. Si on abordait l'ordre du jour ?

—Tu tenais à rencontrer Léo avant de prendre une décision. Que veux-tu savoir de plus que ce que je t'ai dit ? s'informe Sahara.

— Ton idée, Léo, elle t'est venue comment ? As-tu entendu parler d'une tentative identique pour trouver un assassin ?

— Non, mais je crois que ça pourrait marcher.

— Hmm... possible. Risqué, mais possible.

— C'est toujours toi qui couvres les meurtres pour *Écho-Matin* ? intervient Sahara.

— Si on veut.

— C'est bien ta spécialité dans ton journal, non ?

— Primo, *Écho-Matin* n'est pas *mon* journal, mais celui de Chalifoux. Deuzio, ce n'est pas *ma* spécialité comme tu dis. Je peux aussi bien *shooter* un accident de voiture que le cadavre d'un minou écrasé ! Ça dépend de Pouliot.

— Qui c'est, Pouliot ? demande Léo.

— Le chroniqueur attitré du journal : une sorte de vampire en veston carreauté.

J'allume une gitane en le fixant et je continue.

— C'était pas mal ton idée du journaliste publiant des articles sur les soi-disant crimes d'un faux tueur, pour faire réagir le vrai, mais Sahara a raison : pour bien faire, il aurait fallu mettre *Écho-Matin* sur écoute électronique, ce qui serait impossible pour vous.

— C'est vrai... alors j'ai pensé à autre chose : des annonces anonymes dans *Écho-Matin* !

— Des annonces ? s'étonne Sahara. C'est nouveau, ça !

— Oui... mais je crois que ce serait aussi bien que mon idée de vouloir piéger le tueur en se servant d'un journaliste.

Je tire sur ma cigarette, en regardant Sahara.

— Il a raison, au fond.

—Peut-être... mais quel genre d'annonces tu verrais, Léo: dans le style sanglant?

—Pas vraiment... plutôt... comment dire?

Il ne sait comment préciser sa pensée et son regard navigue rapidement de Sahara à moi. Je trouve qu'il est mal barré, et que c'est sûrement un faux départ.

—Tu voudrais provoquer le tueur, c'est ça? je suggère.

—Oui, mais pas en inventant n'importe quoi... en même temps il faudrait que les choses publiées soient possibles, qu'elles puissent avoir existé... tu comprends?

—Pas vraiment, donne-moi un exemple... si tu peux.

—J'avais imaginé ça, dit-il, en sortant un papier de sa veste.

—Fais voir! demande Sahara.

Il lui tend le papier et elle lit, à voix haute, le message suivant:

> À SIMPLET
> Ton problème, c'est que les femmes te font peur. Ou bien qu'une t'a fait beaucoup souffrir !
> **BLANCHE-NEIGE**

—Pas mal, le rapport avec Blanche-Neige, ça pourrait l'intriguer... mais y a un hic quand j'y repense!

—Lequel? s'informe Léo.

—Faudra donner un nom et une adresse au journal, pour le compte client, et pour toi et moi, c'est impossible ! Même se servir d'une boîte postale serait trop risqué.

En voyant leurs têtes se tourner vers moi, j'ai compris.

—OK ! je verrai ce que je peux faire, si vous n'avez personne d'autre.

—Je ne crois pas que ça te cause d'ennuis, mentionne Léo. Si le tueur réagit, ce sera en répondant à « Blanche-Neige », pas à toi.

—Ce n'est pas à lui que je pensais, mais à certains de vos collègues qui épluchent la presse !

—Pour ça, ne t'en fais pas. Si quelqu'un remonte jusqu'à toi, je saurai quoi faire, lance Sahara.

—Si jamais le tueur répondait à cette annonce, il faudra le relancer très vite ! s'exclame Léo.

—Ça ne marchera pas avec *Écho-Matin* seulement.

Ça jette un froid.

—Pourquoi ça ?

—Combien de chances y a-t-il pour que cette annonce soit lue par celui que vous recherchez ? Pas des masses. Ce qu'il faudrait, c'est qu'elle paraisse dans tous les journaux, français et anglais, pendant au moins une semaine, dans les sections « Divers ».

—Oui, oui, approuve Léo, et dans les « Courriers du cœur », aussi ! Le tueur trouve peut-être ses victimes là-dedans.

Il est maintenant très emballé par ces perspectives et je dois avouer que l'idée commence à prendre allure.

—Léo a raison, mentionne Sahara. Il faudrait publier un peu partout, dans diverses rubriques.

—Et y a aussi Internet ! fait Léo.

— Rien ne dit que notre type est abonné, et puis on finirait par récolter des réponses de petits farceurs, bien plus que dans les journaux.

Léo hoche la tête, convaincu. Sahara me regarde en coin, l'air intéressé.

— Tu as bien dit « notre » homme ?... alors tu ?...

— Oui, ça vaut la peine d'essayer, mais faudra vous cotiser pour payer les annonces. La note risque d'être salée !

On a papoté encore un peu et je suis reparti avec le message de Léo. Une fois seul, j'ai ressenti une petite boule dans mon diaphragme. C'est la même que celle que j'éprouve chaque fois que je m'embarque dans une histoire tordue, avec ma grande gueule de fin finaud. Mais, comme je ne suis pas né d'hier, j'ai toujours la même réaction philosophique :

— Bof !

L'important, surtout, c'est que je vais revoir souvent Sahara. Que pouvais-je espérer de mieux en ce moment ? Ma foi, rien d'autre !

Chapitre 4

Quand j'arrive au journal le lendemain, Pouliot me fait la gueule. J'imagine qu'il a loupé un cliché la veille et qu'il m'en veut pour ça.

—Alors, Malacci, ton char a retrouvé le chemin ?

—Ouais... ma Renault est comme moi, faut savoir lui parler.

—Une Renault ! Tu parles d'une minoune ! Elle devrait être au musée « Juste pour rire ! »

—Bon, ça va, t'as besoin de moi aujourd'hui ?

—J'ai toujours besoin de toi, sacrament ! mais t'es jamais là quand y faut !

—Et à part ça ?

—Je dois retourner voir ce concierge qui s'est faite tabasser par un nègre.

—Pourquoi ?

—J'ai besoin d'un gros plan de lui avec ses points de suture !

On s'est rendus chez le type en question dans un édifice à logements dans l'est. Son problème, c'est qu'il avait refusé de louer à un Gabonais et celui-ci n'a pas apprécié. Insulte classique sur le racisme du concierge, mention de ce dernier à l'autre de repartir en Afrique, bousculade, injures et c'était parti. Le concierge en a pris plein la gueule et affiche une belle entaille au-dessus de l'œil et il a le nez cassé. Le « multi ethnique » a parfois des ratés de la sorte. Ici comme ailleurs. J'ai pris les photos voulues et avant de partir j'ai demandé :

— Il est toujours libre, ce logement ?

— Pourquoi ?

— J'ai un copain vietnamien qui en cherche un.

À entendre le gargouillement vocal qui a suivi, j'ai compris qu'il valait mieux ne pas insister. Au labo, j'ai développé mes clichés et Pouliot a été satisfait du résultat.

— *Wonderful, it's great* ! Ça fera une bonne page avec mon article, demain.

— J'espère que tu vas mentionner qu'il est raciste, ce concierge !

— T'es malade ? T'as oublié pour quel journal tu travailles, ma foi du Bon Dieu !

Je n'ai pas répliqué et je me suis enfermé au labo pour envoyer l'annonce de Léo dans plusieurs journaux. Le pseudonyme de « Blanche-Neige » a surpris juste une fois, dans *The Gazette*. À quatre heures il faisait presque nuit et toujours aussi froid. J'ai pas attendu que Pouliot me trouve une autre besogne crasse et je suis parti en douce. Chez moi, il y avait un message de Sahara sur mon répondeur. Je l'appelle aussitôt.

— Allô !

— Salut, c'est Robert.

— Ah ! As-tu passé l'annonce ?

— Oui, dans *La Presse*, le *Journal de Montréal*, *The Gazette*, *Allô-Police*, *Voir* et *Écho-Matin*.

—Sous quel nom ?

—Un vieux copain dont le courrier est envoyé chez moi.

—C'est beau. Y a plus qu'à attendre maintenant. Je te remercie pour ce que tu fais, Robert. C'est pas tout le monde qui aurait accepté.

—Tu sais bien que je ne suis pas comme « tout le monde » !

—Exact. Enfin, je voulais que tu saches que Léo et moi, on apprécie.

—Rien de spécial depuis hier ?

—Euh !... pas vraiment...

—Mais encore ?

—Le message de Léo, tu l'as trouvé comment ?

—Original.

—Oui, mais Léo faisait plein de fautes d'orthographe à l'école et là, pas une seule.

—Sachant qu'il allait rencontrer un célèbre journaliste, il s'est peut-être fait aider.

—Denise est pas mal bonne en français, d'après Léo.

—Hmm !... c'est pas plus important que ça, d'après moi, cette annonce sans fautes. Tu viens manger un morceau ?

—Non, pas ce soir, j'étudie encore tout le dossier.

—Bon. On se reprendra. Salut.

Je comprends vite quand une femme ne peut pas me voir. Il y a trois raisons majeures : une mortalité subite, un mari jaloux ou des menstruations imprévues. Difficile d'insister dans tous ces cas. Pour les autres motifs j'ai un argument presque imbattable: je quitte le pays le lendemain, à jamais, et j'aimerais partir sur un bon souvenir.

Cela dit, cette fois, Sahara avait un prétexte que je pouvais difficilement mettre en doute. Pour ce soir je me contenterai d'un classique, à la télé, avec deux géants du western : Kirk Douglas et Burt Lancaster dans *Règlement de compte à OK Corral*.

Trois jours après la parution de l'annonce concoctée par Léo, il y a une réponse dans la section « Divers » du *Journal de Montréal* :

> À BLANCHE-NEIGE
> Les femmes en tant que sexe
> sont des sphinx sans secrets !
> **ALOUETTE !**

Sahara m'appelle à *Écho-Matin* dans la matinée.

— Tu as lu le *Journal de Montréal* ?

— Oui. D'après toi, c'est lui ?

— Aucune idée. On peut se retrouver chez moi, tous les trois, ce soir ?

— D'accord.

Alors que je raccroche, Pouliot me harponne.

— Viens-t'en, Malacci, on va à Oka. Les Mohawks remettent ça avec la SQ et ça risque d'être saignant !

On prend ma bagnole qui, pas de chance, démarre au quart de tour et on file vers cette réserve indienne. En route j'aperçois une grande brune qui fait du stop, avec juste un petit sac et un manteau de fourrure. Malgré la réticence de Pouliot, je m'arrête pour l'embarquer. Elle doit avoir vingt-deux ans au max.

— Merci, les *boys* !

— Tu vas où comme ça, ma belle ? s'informe Pouliot.

— Ça dépend de vous !

Pouliot flaire la bonne occase et se fait mielleux comme lui seul peut le faire. C'est-à-dire qu'il beurre épais des deux bords.

— Tu sais que c'est pas très sécure pour une belle fille comme toi de faire du pouce ! C'est une chance que tu sois tombée sur deux bons gars !

— Je fais pas du pouce, j'travaille !

— Ah !... et c'est quoi, ton job ?

— Ben... l'escorte !

Pouliot ouvre des yeux grands comme le trou de cul d'un mammouth. Moi, je me marre en douce.

— Ben *shit* ! fait Pouliot.

La fille passe du rouge sur ses lèvres avant de continuer.

— Quarante dollars pour un *blow job* et cent pour le service complet ! Pour deux je peux faire un prix.

Devant le silence qui suit, elle comprend vite.

— OK ! merci quand même pour le *lift*. Arrêtez-moi là.

Je la dépose et elle traverse pour lever son pouce dans l'autre sens. Pouliot n'en revient pas.

— Une pute à la carte, voilà c'que t'as ramassée, Malacci !

— Je me demande si tu n'aurais pas dit oui, étant seul ?

— Moi ! Tu m'as bien vu ? J'attends autre chose d'une femme qu'elle écarte ses cuisses !

— Ah bon ! Excuse-moi, je croyais. C'est vrai que tu ne m'as jamais vraiment parlé de ça, Alfred. C'est quoi, ton idéal féminin ?

Il gargouille je ne sais trop quoi et finit par se lancer :

—Pas de poils sous les bras... pas de mauvaise haleine. Un minimum de *sex appeal*... quarante ans maximum. Douce, ou alors vicieuse, mais pas trop... mariée ou pas.

—Ouais... tu dois ratisser large!

—Eh ! c'est sûr... et toi, c'est quoi ton... ton truc?

—Mon idéal féminin?

—Ouais! je suis curieux de savoir.

—J'en ai pas.

—Comment ça t'en as pas ! Tu *cruises* tout ce qui passe?

—Je ne drague jamais. Bien sûr parfois je fais le beau, je joue au coq, mais ça n'est pas de la drague. De toute façon c'est la femme qui décide ou non d'aller jusqu'au bout, pas l'homme. Tu seras sûrement d'accord!

—Baptême ! pantoute ! Quand je veux une poulette, je t'assure que j'attends pas son OK!

—Je pensais comme toi... à seize ans.

—Oh! «monsieur» pensait comme moi à seize ans. En tout cas j'peux te dire que j'me suis jamais plaint d'être de même!

—Dernière question: elle valait combien cette fille selon toi?

Il hésite un moment et pense aux deux options offertes.

—Quarante dollars pour une pipe, c'est trop cher... trente maximum. Pas plus.

—Tu vois, c'est ce que j'aurais dit, plus jeune. Aujourd'hui, pour moi, ça vaut zéro. Mais si tu veux on essayera de la retrouver en revenant!

—Va donc chi... chez le diable, Malacci!

À Oka on a fait chou blanc. On est reparti après avoir attendu en vain une autre crise entre policiers et Indiens. Pouliot n'a pas ouvert la bouche, pour une fois, durant le trajet de retour. Ce qui était aussi bien.

Un peu avant huit heures, je me pointe chez Sahara qui me dit que Léo ne devrait pas tarder. À moins que sa femme lui fasse une scène en voulant savoir où il va, car il n'est pas de service ce soir.

—Il n'a qu'à lui dire qu'il vient ici, je ricane. C'est quoi, sa bonne femme ?

—J'en sais rien, elle a peut-être voulu d'un mari avec qui elle n'aurait pas de problèmes, quitte à le mettre au pas.

—Il n'a rien dans le froc, ton Léo, si c'est ça !

Quand il arrive peu après, il nous sourit à peine. Sahara a voulu lui faire la bise, mais il s'est reculé.

—Non, j'aime mieux qu'on s'embrasse pas !

Sahara hausse les épaules et n'insiste pas. Léo doit toujours craindre d'être imprégné par son eau de toilette. Je crois que j'aurais du plaisir avec sa Denise, si jamais je la rencontre un jour.

—Qu'est-ce que tu penses de la réponse d'Alouette, Léo ? demande Sahara

—Je ne sais pas, mais faudrait savoir qui a envoyé ça.

—Je l'apprendrai sûrement assez vite. D'ici là, pensons comment répondre à cette Alouette. D'accord, Robert ?

—Oui, après tout c'est vous qui payez, faites comme vous voulez. On publie quoi alors ?

Léo a un regard désemparé.

—J'ai pas eu le temps d'y penser.

—On va trouver ensemble, fait Sahara.

Elle va chercher du papier et un crayon et s'installe devant nous.

—Bon... comment répondre à cette comparaison des femmes avec celle des sphinx sans secrets ?

Je regarde Léo qui, même s'il n'a rien pondu, a peut-être une idée. Il secoue la tête de gauche à droite et triture ses mains, les yeux fixés au sol.

—Je... je crois qu'il ne faut pas être trop... comment dire ? balbutie-t-il.

—Trop quoi ?

—Précis ? je suggère.

—Oui... il vaudrait mieux lui renvoyer la balle.

—Ça risque d'être long ou ça peut foirer d'un coup, cette tactique ! Si vous voulez que le poisson morde, va falloir mettre un bon appât au bout de la ligne !

—Je suis d'accord avec Robert, souligne Sahara, on ne pourra pas rester évasifs.

Léo semble vraiment à court d'arguments.

—Oui, oui... c'est vrai, mais quoi répondre alors ?

Je sens que la sauce est en train de tourner et qu'elle risque de virer en eau de boudin.

—On a peut-être établi le contact que tu cherchais, Léo. C'était ton idée, et c'est vous les enquêteurs. Moi, je ne suis que l'intermédiaire. J'ai aucune idée de ce qui serait le mieux à publier.

Sahara hoche la tête en se levant.

—Bon, on n'a pas le choix... même si ça risque de nous retomber dessus. Sur moi surtout !

—Tu penses à quoi ? je lui demande.

— À mentionner le crime d'une de ces femmes, avec des détails précis sur la victime... que seuls le meurtrier et la police peuvent connaître !

Un nuage passe avant que Léo intervienne.

— Tu réalises ce que ça pourrait nous coûter ?

— J'en prendrai le blâme s'il le faut, mais si on veut suivre ton plan, on doit utiliser certains éléments des rapports d'autopsies.

— Qu'est-ce que tu en dis, Léo ? je lui demande.

— C'est comme elle voudra. Elle connaît son métier mieux que moi.

— Tu sais que ce serait comme jouer à la roulette russe, Sahara ? je fais.

— N'exagère pas ! Si la SQ l'apprend, mon avancement sera retardé. Rien de plus.

— Pourquoi tu prendrais ce risque ?

— Ce serait ni pour moi ni pour Léo que je ferais ça, mais pour mon amie Sophie. Elle serait encore vivante si elle n'était pas tombée sur un détraqué comme celui qu'on recherche !

Je dois admettre que c'est une bonne raison et je me tais. Et puis quand Sahara décide une chose, elle ne change pas d'avis. Je le sais pour l'avoir constaté depuis qu'elle m'a dit qu'elle ne voulait plus me revoir, lors de notre rupture.

CHAPITRE 5

En attendant que Sahara me dise quelle annonce je devrais passer, je n'ai pas chômé. Pouliot s'est mis dans la tête de pondre une série d'articles sur l'idéal masculin pour les Québécoises : résultante de notre discussion de l'autre fois qui lui a donné cette « idée ». Je me disais aussi que ce n'était pas normal qu'il ne pipe mot durant notre retour d'Oka. J'avais éveillé chez lui, sans le vouloir, des questions auxquelles il n'aurait jamais pensé sans notre conversation. Alors, aujourd'hui, on a fait trois entrevues de nanas *open* (selon lui). On a rencontré une jeune comédienne à la mode, une chroniqueuse mondaine et une dramaturge. La meilleure, c'était elle. Elle nous a reçus dans un café et son discours sur les hommes était ponctué d'éructations fréquentes, qu'elle n'essayait pas de retenir. Un vrai soudard.

Pouliot a eu l'air d'aimer ça et l'ombre de moustache qu'elle avait n'a pas semblé le déranger, malgré ce qu'il exige de la pilosité féminine. À la question « Qu'est-ce que tu attends, idéalement, d'un bonhomme ? » la réponse a jailli aussitôt :

—La santé et une grosse queue.

—Rien d'autre?

—Qu'est-ce qu'une femme peut espérer de mieux aujourd'hui ? La moitié des mecs sont homos ou bisexuels, un quart a pas la moindre idée comment nous faire jouir et les autres tètent encore leur mère ! La santé et une grosse queue, j'te dis. Le reste, je m'en occupe!

—C'est pas très poétique pour une femme de lettres! j'ai mentionné.

—La poésie je la garde pour la scène! Là, je parle du besoin primaire de pénétration que j'exige de la part d'un homme. Autant qu'il soit bien monté!

—C'est *cool*, a conclu Pouliot, moi ça me va!

—Tu vas publier ça? a-t-elle demandé.

—Certain, pourquoi?

—OK, t'as p't'être pas une grosse queue, mais au moins t'as des couilles, toé!

Le tout ponctué d'un rot bien sonore, après une gorgée de bière. Elle péterait de la broue que ça ne m'étonnerait pas. Les autres entrevues étaient tellement minables que Chalifoux, le *big boss*, a pris la peine de descendre de son bureau en gueulant pour balancer le tout à la poubelle. Mais Pouliot rebondira, tel que je le connais. Il prépare déjà un autre «Dossier spécial».

Deux jours plus tard, Sahara vient chez moi avec Léo et la réponse pour Alouette. La femme dont il sera question a été mutilée, comme les autres, en plus des signatures habituelles : sexe rasé et «Le Prof» inscrit sur le ventre. Sahara ne mentionne pas ces dernières choses dans l'annonce, mais elle donne des éléments qui pourraient faire croire que c'est l'assassin de cette femme qui publie ce texte:

> À ALOUETTE
> Toutes les femmes ont leurs secrets ! J'en ai connu une couverte de grains de beauté sous ses dessous blancs érotiques.
> **BLANCHE-NEIGE**

—Ouais !... j'imagine que ça pourrait le faire réagir, s'il s'agit du type en question.

—L'autopsie de cette femme mentionnait qu'elle avait quarante-huit grains de beauté. Elle en était couverte de la tête aux pieds. Les autres victimes en avaient beaucoup moins : quinze au plus.

—Bon... je vais demander de passer ça dans le *Journal de Montréal.*

—Pas seulement. Dans les autres aussi... et n'oublie pas les « Courriers du cœur », fait Léo.

—OK ! OK ! comme tu veux.

En demandant de placer cette annonce comme prévu, je ne soulève aucune question. Les préposées aux petites annonces doivent être blindées ou bien souhaitent ne jamais rencontrer le cinglé qui leur téléphone. Je laisse les mêmes nom et adresse comme client : ceux de mon vieux pote, Mario Barbaroux, qui doit se prélasser sur une terrasse à Toulon. Pendant les jours qui ont suivi, j'ai lu toutes les annonces, mais aucune réponse à notre dernière. Sahara m'appelait chaque soir pour constater la même chose.

—« L'Alouette » devait être un ti-cul quelconque, m'a-t-elle dit.

— Sûrement, Léo doit être déçu.

— Pas vraiment. En attendant, il relit tout ce qui a été recueilli comme informations sur les victimes.

— Ah bon !... et ça donne quoi ?

— Rien de nouveau.

— On mange une croûte ensemble bientôt, ma belle ?

Un silence un peu trop long suit.

— OK ! j'insiste pas.

Aujourd'hui, je me les gèle encore et j'ai hâte que ce putain de mois de février se termine. Ensuite il y aura mars et sa *slush*, mais au moins je pourrai sortir un peu sans risquer de perdre une oreille, sinon les deux, car je n'ai jamais pu supporter me balader avec une tuque sur la tête. Chacun son style, finalement.

Je fais juste un aller-retour à *Écho-Matin* pour apprendre que Pouliot est absent : grippe carabinée soi-disant, ou alors il digère encore mal le rejet de ses entrevues par Chalifoux. Alors je file chez moi, en espérant pouvoir dégotter une vieille copine qui s'emmerde. Pendant que je parcours mon carnet d'adresses, le facteur vient livrer le courrier : pas de factures, c'est déjà ça. Il y a juste une enveloppe adressée à Mario, dont l'adresse a été recouverte d'une étiquette portant la mienne. J'ouvre pour découvrir une feuille, sur laquelle quelques phrases sont écrites avec des mots découpés.

T QUI MARIO ?
MA T'FAIR PASSÉ L'GOUT
DE JOUÉ A BLANCHE
NEIGE SI TU CONTINU !
LAME

Purée ! Ce type a dû apprendre qui faisait paraître les annonces de « Blanche-Neige ». Il a ensuite envoyé ce mot à l'adresse de Mario, d'où la Poste l'a fait suivre chez moi. Je gagerais que c'est *Écho-Matin* qui a renseigné ce correspondant anonyme. À cause des fautes d'orthographe, apanage de ce torchon quotidien, qui ponctuent la missive. J'appelle aussitôt Sahara qui répond après trois ou quatre sonneries.

—Allô ?

—C'est moi, faut qu'on se voie.

—J'allais chez le dentiste !

—J'ai reçu une lettre anonyme.

—Ah ! viens vite, alors.

—OK.

Quand on se retrouve, je lui montre le texte. Sahara hoche la tête, soucieuse.

—Là, c'est plus sérieux.

—On dirait !

—Laisse-moi ça, il y a peut-être des empreintes intéressantes dessus. Où est l'enveloppe ?

—Chez moi.

—Tu me l'apporteras quand on se reverra.

—Quand ?

—Viens dans la soirée.

On sort et je me retrouve un peu gland, en me demandant pourquoi je me suis laissé embarquer dans cette affaire. La réponse ne tarde pas à venir : à cause de Sahara, bien sûr ! Que je le veuille ou non, elle me fait encore de l'effet. En la voyant s'éloigner dans sa Toyota, sans un regard vers moi, je me dis que je dois encore rêver en couleurs.

Chapitre 6

Quand je me repointe chez moi, j'ai un petit pincement d'estomac. Ma proprio est en train de parler avec deux types. L'un d'eux prend des notes sur un calepin. Et quand la propriétaire m'indique du doigt, je ne suis pas étonné : les visiteurs sont pour moi.

—Monsieur Malacci ? demande le type au calepin, en s'avançant vers moi.

—Oui.

Il m'exhibe une plaque.

—Lieutenant Dupré de la SPCUM. J'aurais quelques questions à vous poser.

—Ça tombe bien, j'habite là ! Venez.

On entre et l'autre flic semble fébrile. Il déboutonne rapidement son manteau, sans me quitter des yeux. Dupré est plus calme, genre vieux baroudeur à qui on ne la fait pas. Je sens qu'il va me falloir jouer serré. J'hésite un peu entre la naïveté totale et le mensonge flagrant, mais ça reviendrait au même, finalement.

—Vous êtes journaliste, c'est bien ça ?

—Pas vraiment : photographe pour *Écho-Matin*.

—Ah, oui!... ça marche bien?

—Ça dépend des faits divers.

—Avec mon collègue, le sergent Dupéré, on s'intéresse aussi aux faits divers. On lit les journaux, tous les journaux, chaque jour.

—Chacun son karma.

—Son quoi? demande Dupéré.

—Son destin si vous préférez... le mien c'était de vous rencontrer aujourd'hui!

—Monsieur Malacci (il me donne du « monsieur », ce qui n'est jamais bon signe avec la police) vous avez lu cette annonce parue récemment dans plusieurs quotidiens montréalais? s'informe Dupré.

Il me montre un texte découpé dans un journal. C'est le premier que Léo avait pondu. J'y jette un coup d'œil avant de répondre.

—Non, c'est pas vraiment mon genre de lecture!

—Et celui-là?

Il m'en montre un autre: celui que Sahara a mijoté et qui a paru en dernier. Je regarde à peine et je contre-attaque.

—Écoutez, dites-moi ce que vous cherchez, ce sera peut-être plus simple!

—Quelqu'un s'amuse, ou ne s'amuse pas, à publier ces sorte d'annonces. Nous avons voulu savoir qui c'était et nos recherches nous ont conduits à un certain Mario Barbaroux.

—Mario ? Mais je le connais, c'est un vieil ami! Vous faites erreur, Mario est reparti vivre en France!

—Oui, nous savons, et son courrier est transféré chez vous.

—Exact... quand j'irai à Toulon, c'est là qu'il est Mario, je pourrai le lui apporter. Mais jusqu'à maintenant il n'a rien reçu d'important.

—Il y a longtemps qu'il est parti à... où déjà ?

—À Toulon, c'est près de Marseille. Oui, ça fait presque un an maintenant. Mais pourquoi vos recherches vous ont mené à lui ?

—C'est son nom et l'adresse qu'on a donnée aux journaux où ces annonces sont parues.

Je secoue la tête, l'air le plus innocent possible.

—J'en reviens pas. Qui est le malade qui peut faire ça ?

—C'est ce que nous essayons de savoir.

—Bof !... un cinglé de plus !

Dupré hoche la tête, songeur, tandis que Dupéré ne me perd pas de vue.

—Je suppose que vous ne paierez pas les factures de ces annonces quand vous les recevrez ?

—Jamais de la vie ! Faudrait que je sois con ! D'ailleurs je n'ouvre jamais son courrier.

—Oui, bien sûr... Avez-vous reçu autre chose, dernièrement, au nom de votre ami ?

J'hésite une seconde de trop avant de répondre.

—Euh !...non... des réclames, c'est tout.

—Le facteur est passé chez vous ce matin, il paraît.

Maudite grande gueule de proprio !

—Oui, c'est vrai... des prospectus, des niaiseries !

—On peut les voir ? demande Dupéré.

Je sens un nœud dans ma gorge, car je sais que l'enveloppe de Lame est quelque part dans la cuisine, alors je tente le bluff.

—J'ai tout balancé à la poubelle.

Ils échangent un rapide regard en coin.

—Vraiment? s'étonne Dupré.

—Je vous le dis!

—Pourtant, votre propriétaire nous a dit que c'est seulement quand il y a du courrier que le facteur va chez vous... vous lui auriez demandé de ne jamais vous livrer de publicités.

Je hausse les épaules en souriant, mais jaune.

—Ça devait être un nouveau sur le circuit!

Dupré hoche la tête.

—Possible, nous vérifierons... montrez-nous cette poubelle, en attendant.

Je les conduis dans la cuisine et, aussitôt, je vois que l'enveloppe est sur la table. Juste à côté de ma tasse de café. Je joue à l'homme rose qui veut faire du rangement.

—Faites pas attention au désordre... vous savez ce que c'est, un célibataire!

J'attrape la tasse que je vais déposer sur le comptoir, en gardant l'enveloppe dans une main. J'ouvre mon bac à ordures et j'en sors un sac de déchets que je n'ai pas remplacé depuis deux semaines. Pendant qu'ils farfouillent dans le marc de café et autres déchets, je me recule avec l'enveloppe dans mon dos. Je ne sais pas comment je vais pouvoir m'en débarrasser. Dupéré sacre un peu quand il renverse le fond d'une boîte de sardine sur ses doigts. Dupré extirpe quelques vieux prospectus et me les montre.

—C'était eux, ce matin?

—Ben!... oui, sûrement.

Quand ils ont terminé leur inspection, ils se dressent et s'éloignent un peu.

—C'est bon, fait Dupré.

J'avance rapidement et j'empoigne le sac d'une main, en restant de biais, afin qu'ils ne voient pas ce que je tiens dans l'autre main. Je mets l'enveloppe dans le sac que je replace dans le bac. Soulagé, je m'époussette les mains en me tournant.

—Voilà... vous êtes satisfaits ?

—Presque, répond Dupré... où est passée cette enveloppe qui était sur la table tout à l'heure ?

—Euh !... quelle enveloppe ?

—Ressortez ce sac, voulez-vous ?

Je devine que la suite ne sera pas jojo. Mon roi sera bientôt mat. Inutile de continuer à bluffer.

J'ai grillé au moins dix gitanes et je vais bientôt être à court. Dupré et Dupéré se sont relayés pour me cuisiner et je ne sais pas comment je vais me sortir de leurs pattes. Ils travaillent à la section « Homicides » de la CUM, Place Versailles, et enquêtent sur la série de meurtres barbares. Tout comme d'autres collègues à eux. J'ai été repéré dès la première annonce. Je veux dire Mario Barbaroux a été repéré. Après une visite chez lui, Dupré et Dupéré ont appris qu'il n'habitait plus là. Le nouveau locataire n'ayant jamais reçu de lettres pour Mario, c'était facile d'apprendre par la Poste que son courrier m'était envoyé. Quand la seconde annonce a paru, Dupré s'est procuré le mandat qu'il fallait pour venir me questionner, voire m'arrêter si nécessaire.

—Reprenons depuis le début, si ça ne vous fait rien.

—Je vous l'ai dit, c'était idiot de ma part, mais je pensais pouvoir démasquer ce tueur et me faire une réputation dans mon boulot !

—C'était aussi stupide que dangereux. De plus, si vous n'êtes pas ce tueur de femmes...

—Vous rigolez ? Au moins une dizaine de copines vous diraient ce qu'elles pensent de ça !

—Mais, si vous ne l'êtes pas, il y a quand même un point à éclaircir.

Je devine ce qui va venir.

—Le texte de votre seconde annonce... comment avez-vous eu ces renseignements ?

—Ces renseignements ?

—Oui, vous avez mentionné des détails précis sur une des victimes. Qui vous les a donnés ?

—Ah bon ! première nouvelle, j'ai tout inventé !

—Passe encore pour les dessous érotiques, mais pas le corps couvert de grains de beauté ! Ou t'es un voyant ou on t'a renseigné ! crache presque Dupéré.

Il ne s'embarrasse pas du vouvoiement et surtout pas de me donner du « monsieur ». Il commence à être tard et il doit avoir hâte d'en finir.

—Tant qu'à inventer, autant faire ça bien ! Et puis j'ai peut-être lu ça quelque part, dans un journal !

Dupré pousse un soupir, l'air las.

—Les choses que vous avez fait publier concernent la troisième victime, Emmanuelle Lachance. Emmanuelle était effectivement pleine de grains de beauté et elle portait exactement les dessous que votre annonce dévoile « par hasard » ! La police n'avait jamais divulgué ces détails à la presse.

—Ouais, on dirait que je me suis vraiment mis dans la merde !

—Et pas qu'un peu ! ricane Dupéré... on peut l'embarquer comme suspect, Gustave.

—Wow ! une minute, ça pourrait vous retomber dessus et la police a pas mal de gaffes à son actif ces temps-ci ! je fais.

Ils se regardent et je vois bien que Dupré hésite. Il est conscient que tant qu'il n'a rien de concret, il n'a aucune raison de m'arrêter.

—Oui c'est vrai, Claude, on pourrait l'embarquer, mais je crois qu'il est assez intelligent pour s'en sortir... alors je vais lui proposer une chose.

J'attends, sur mes gardes.

—Ce tueur nous voulons l'avoir, mais pas pour la même raison que vous évidemment ! Pour le moment, je passe l'éponge. En échange je veux qu'on coopère.

—Pardon ?

Je m'attendais à tout sauf à ça.

—On va continuer à jouer votre petit jeu, mais c'est moi qui rédigerai les annonces. Si jamais on obtient une réponse du tueur, vous essayerez d'établir le contact avec lui. Nous ne serons pas loin, bien sûr, mais vous ne devrez jamais mentionner nos noms à personne.

—Ah !

Me voilà pris maintenant avec trois messages possibles : celui de Sahara, celui de Léo ou celui de Dupré. Faites vos choix, rien ne va plus ! Ça sent le caca à plein nez.

—Donc, vous ne trouvez pas que mon idée était si mauvaise !

—Elle est suicidaire, mais c'est vous qui allez risquer votre peau. Si vous refusez, je m'arrangerai pour que vous ayez suffisamment de problèmes. Ne me sous-estimez pas, cher monsieur.

—Loin de moi cette idée !... mais à part une réponse sans intérêt à ma première annonce, je ne crois pas que...

—Nous avons vu cette réponse d'Alouette. C'était un jeune hurluberlu qu'on a vite trouvé. Il avait cité un certain Oscar je ne sais qui.

—Je crois savoir qui c'était : Oscar Wilde, un humoriste anglais.

—On s'en fout qui c'était, fait Dupéré.

J'allume ma dernière gitane et je jette un œil sur ma montre. Il est plus de neuf heures et j'espère que Sahara ne téléphonera pas. Dupré me fixe, attendant ma décision.

—Alors ?

—Je crois que je n'ai pas tellement le choix.

—T'en as aucun, précise Dupéré.

Dupré saisit l'enveloppe sortie de ma poubelle et l'agite.

—C'était quoi le contenu ?

—Le même genre de truc qu'Alouette, écrit avec des lettres découpées dans une revue. Ça sentait tellement le mauvais roman d'horreur que j'ai déchiré ça pour le foutre aux chiottes !

—Mais pas l'enveloppe ?

—Non... trop épaisse.

Dupré hoche la tête. Je ne sais s'il avale ça, mais comme il me tient bien, il est prêt à faire semblant de me croire pour l'instant.

—Bon, admettons... Nous vous contacterons bientôt avec une annonce à faire paraître. Je vous signale que le courrier de Mario Barbaroux est envoyé chez moi, dorénavant. C'est tout pour le moment. Inutile de vous dire de ne pas quitter Montréal ! Bonsoir.

Ils partent et je cours acheter des cigarettes, avant de filer chez Sahara. Chemin faisant, je sais exactement ce que je dois lui dire : qu'il faut tout laisser tomber, que la police m'a dans le collimateur et qu'on risque tous, elle, Léo et moi de vite regretter ce qu'on a fait. Quand Sahara m'ouvre, j'hésite une seconde... puis j'oublie mon *speech*. Je ne suis plus disposé à lui parler des Dupont-Dupond, comme j'ai surnommé Dupré et Dupéré. Pourquoi ? Parce que je n'avais pas prévu son sourire si accueillant : le premier depuis qu'on s'est retrouvés !

— J'allais prendre une douche. Je croyais que tu m'avais oubliée ! me dit-elle.

— J'étais bloqué ailleurs, excuse-moi... mais va prendre ta douche.

— J'en ai pour deux minutes. Ah ! j'ai appris qui était Alouette : ce n'est pas celui qu'on pensait.

J'entre derrière elle en hochant la tête.

— Ça ne m'étonne pas... j'avais trouvé l'origine de son message. C'était une citation d'Oscar Wilde. Tu connais ?

— Bien sûr... assieds-toi, ça ne sera pas long.

Elle va vers la salle de bains et je vais m'affaler sur le canapé. Je trouve que je suis lâche de ne pas avoir osé lui dire ce que je voulais, mais ça ne dure pas. En entendant Sahara qui fredonne sous la douche, je me dis que c'était prévisible. Cette fille me rappelle trop de bons souvenirs : nos fous rires, nos virées dans les restaurants et, bien sûr, tout le reste

— Qu'est-ce qui t'a retardé : un *scoop* ? me lance-t-elle.

—Oui, une tentative de suicide sur le pont Jacques-Cartier, mais le type a changé d'avis finalement.

Misère, je dois vraiment l'avoir dans la peau pour mentir à ce point !

Chapitre 7

Au bout de quelques minutes, l'eau de la douche s'arrête et la voix de Sahara me parvient.

—Léo n'a pas pu venir ce soir.

—Je parie que sa femme l'a empêché de sortir!

—Peut-être... mais j'ai pensé à une réponse pour Lame, c'est sur le stéréo.

Je vais voir et je lis ce que Sahara a pondu:

> À LAME
> *Heigh-ho, heigh-ho, 'tis off to work we go !* Ma semaine est faite. Et toi ?
> **BLANCHE-NEIGE**

C'est la référence à la chanson des sept nains du film *Blanche-Neige*. Plus clair que ça, c'est dur à battre pour celui qui signe ses meurtres à chaque fois avec le nom d'un de ces nains. Le problème est que je ne pourrai pas faire paraître cette annonce. Je retourne sur le canapé en grillant une gitane et j'attends.

—Je me sèche et j'arrive, me crie Sahara.

Je souris en songeant comment elle s'essuie. Elle va faire ça devant le miroir en s'examinant le corps en détail. La poitrine surtout. Depuis que sa mère a succombé à un cancer du sein, elle scrute la moindre anomalie possible à cet endroit: la plus petite tache, le grain de beauté nouveau ou l'excroissance bizarre. Une fois tranquillisée, elle s'habille. Quand je la vois apparaître dans un peignoir de bain, je ne peux m'empêcher de le lui rappeler.

—Rien d'inquiétant j'espère?

Elle arrête le mouvement vers son paquet de clopes et me regarde, étonnée.

—Comme quoi?

—Ben!... sur ta poitrine.

Elle sourit en prenant une cigarette qu'elle allume.

—Non... de ce côté, ça va.

—J'espère, car elle est toujours superbe... enfin pour ce que j'en devine!

—Elle n'a pas fondu, c'est vrai. Que penses-tu de mon texte?

—Je trouve que c'est un peu gros.

—C'est fait pour, figure-toi!

—Je m'en doute, mais je croyais que tu devais mentionner encore des choses précises à propos d'une des victimes.

—Pas deux fois de suite. C'est trop risqué.

—Comment ça?

Elle aspire une bouffée avant de répondre.

—Ça pourrait éveiller des soupçons dans mon service... ou dans un autre.

—Ah!... pourquoi, y a un truc qui cloche?

—Non, non, mais la CUM est sur les dents avec cette histoire. J'ai pas envie qu'un enquêteur un peu trop zélé remonte jusqu'à toi.

—Tu m'as dit que tu t'arrangerais si ça arrivait.

—Dans la mesure du possible, oui, mais va savoir !

J'ai encore moins envie qu'avant de lui dire qu'il faut tout laisser tomber. D'abord parce que ce serait la fin de nos rencontres, mais également parce que tant que je suis dans le portrait, je pourrai peut-être empêcher que les Dupont-Dupond remontent jusqu'à elle.

—J'aime pas tellement ton annonce.

Elle ouvre grand la bouche, sidérée.

—Quoi !

—Oui, je crois qu'on peut faire mieux.

Elle ricane doucement.

—Super Malacci, hein ! tu jouer à Perry Mason ou à Columbo ?

—Ni l'un ni l'autre, mais faudrait trouver plus clair pour accrocher ce tueur.

—D'accord... à quoi tu penserais ?

—Rien de précis pour l'instant... j'aurais besoin de plus de renseignements sur ces meurtres, les recherches qu'on avait faites, etc. Il y a eu des suspects d'arrêtés ?

—Un seul... un camionneur américain. Relâché très vite.

—Ouais ! quand même, il y a sûrement un détail qu'on pourrait utiliser de façon à ce que... tu vois ce que je veux dire.

Sahara me regarde, l'air déçu.

—Je crois surtout que tu aimerais abandonner, mais que tu n'oses pas me l'avouer.

—Ben non, voyons ! j'aimerais essayer d'avoir ce type. Ta *toune* des sept nains, c'est bien beau, mais c'est pas ça qui pourrait « l'agacer », comme disait Léo !

—L'enquête sur ces meurtres a été bien menée par la CUM. Les liens amicaux, ou de parenté, entre ces femmes ? Il n'y en avait aucun. Les dates des meurtres ? Elles ne se suivent pas selon un calendrier quelconque. L'âge des victimes ? Il varie de vingt à quarante ans. Les seules constantes sont les mutilations, les sexes rasés sur place et ces noms des nains sur les ventres.

—Et aucune trace de sperme. Je sais !

—Bon, alors tu en connais autant que Léo et moi. Je ne vois pas ce qui pourrait t'aider à faire mieux pour répondre à ce Lame.

Elle a raison et je le sais. Je ne pourrai pas tourner longtemps autour du pot avec mon indécision qui lui paraît bizarre.

—À propos de Léo, il est au courant de ton texte ?

—Je lui ai dit que j'avais une idée, mais il ne m'a pas demandé laquelle.

—Comment ça ?

—Je crois qu'il a réalisé que son plan était plus difficile à mener qu'il pensait. J'ai l'impression qu'il s'en remet à moi, maintenant.

—Ah bon !... ce ne serait pas plutôt lui, et non moi, qui aurait décidé d'abandonner ?

—Je ne sais pas... c'est possible.

—Et Di Sario ? Il doit se demander ce que vous faites !

—Je lui ai juste mentionné qu'on étudiait tout le dossier, sans rien dire de plus.

—Je trouve ça bizarre qu'il autorise Léo à continuer. Après tout, lui aussi prend un gros risque ; si jamais quelqu'un apprenait ça dans la police !

Sahara hausse les épaules.

—Il nierait toute implication. C'est plus Léo et moi qui risquons d'écoper.

—Rassurant !

—À propos, tu m'as apporté l'enveloppe ?

—Non. Tu ne devineras jamais pourquoi.

—Pourquoi ?

—Ma proprio est venue faire le ménage, ce matin, quand j'étais chez toi... elle a ramassé tout ce qui traînait dans ma cuisine, dont cette enveloppe !

—Dommage... mais ça m'aurait étonné qu'on puisse y trouver des empreintes. Il n'y en avait pas sur la lettre.

—T'es certaine ?

—Oui, je l'ai fait examiner en revenant de chez le dentiste.

—Ah !... au moins je n'en voudrai pas trop à ma proprio !

—Bon... si tu veux vraiment tout savoir sur ces meurtres, voilà les copies des rapports d'autopsies et les coupures de presse sur les meurtres. Après, on verra si tu as une meilleure proposition que la mienne !

Elle va chercher un dossier cartonné qu'elle me tend.

—Tout est là. Moi, je vais me coucher, je suis crevée. Ferme bien la porte en partant.

Au moment où elle s'éloigne, je lui saisis un bras et son peignoir se détache un peu. Juste assez pour me permettre d'entrevoir le haut de son sein droit. Elle ne prend pas la peine de le recouvrir et me fixe, l'œil narquois.

—Si tu penses à ce que je pense, tu me décevrais !

Je l'attire brusquement pour la coller contre moi, en maintenant son bras derrière elle. Elle tressaille un peu, mais ne me quitte pas des yeux. Sa bouche est toute proche, je respire l'odeur de son eau de toilette. Ça réveille aussitôt en moi un tas de souvenirs agréables. On reste quelques secondes immobiles, ce qui me prouve qu'elle ne m'en veut plus vraiment car elle est experte en judo et pourrait m'envoyer valser quand elle veut.

—Non, je voulais juste m'assurer d'une chose.

Je la relâche pour me rasseoir en ouvrant le dossier. Au moment où elle va quitter la pièce je lui balance, sur un ton neutre, sans la regarder :

—Tu avais raison... elle n'a pas fondu !

Elle s'en va sans voir le petit sourire que j'affiche et c'est tant mieux. C'est vrai que j'avais une idée en l'agrippant. Pas qu'on aille au lit, non, juste vérifier si sa poitrine était toujours la même comme elle disait. C'est vrai, ses seins sont toujours aussi durs... et son odeur me chavire autant qu'avant !

CHAPITRE 8

J'ai passé plus d'une heure à parcourir les coupures de presse relatives aux quatre meurtres, ainsi que les rapports d'autopsies. Sahara m'a dit vrai, rien de révélateur pour aiguiller les recherches. Toutes les femmes ont été attaquées la nuit. Les cadavres ont été découverts par des promeneurs, sauf celui de Pinchaud par Léo. La plus vieille victime avait quarante ans, la plus jeune vingt, et elles n'avaient aucun lien entre elles apparemment. Un vrai casse-tête pour la police. Je comprends que Dupéré était prêt à me coffrer, pour une fois qu'il tenait quelqu'un qui pouvait être un bon suspect. Avant de partir j'ai laissé un mot à Sahara: « Je t'appelle bientôt, ma belle. Bises ».

Au matin, le téléphone me réveille à huit heures. C'est Pouliot.

— Heille ! l'artiss, j'espère que je te réveille !

— Ouais !

— *Good* ! pointe-toi. On retourne à Oka.

— Pas encore !

— Cette fois c'est la bonne. Un opposant au chef de bande s'est fait tabasser. Je veux avoir son interview pendant qu'il vit encore.

—Tu sais quoi, Alfred?

—Non et je veux pas le savoir. Grouille!

Il raccroche et je lève ma carcasse en râlant, parce que j'étais en train de rêver à Sahara. Juste au moment où je l'accompagnais dans sa chambre, en l'embrassant. Le genre de rêve qui risquait de devenir érotique et finir par une douce incontinence.

À Oka on a trouvé le type en question, mais il n'a pas voulu nous accorder d'entretien. À voir sa tête au carré, j'ai compris qu'il préférait finir la semaine tranquille en fermant sa gueule. Pouliot a quand même insisté lourdement et il a fallu que le bonhomme nous fonce dessus, avec une batte de baseball, pour qu'on décampe.

—Maudite gang d'Apaches! a sacré Pouliot.

—Ce sont des Mohawks ici, Alfred, pas des Apaches.

—J'me comprends ! qu'il a dit après avoir craché.

En le regardant faire, je me suis dit que de couillon à con il n'y a qu'un petit pont finalement. La journée s'est poursuivie de manière aussi banale : accident mortel sur le boulevard Gouin, tentative de rapt d'un enfant par son père en libération conditionnelle et disparition d'une jeune fille à Longueuil. À six heures, j'ai fini par grignoter un sandwich et je suis rentré chez moi. Ma proprio m'a lancé un regard inquisiteur, sans plus. J'espère qu'elle n'augmentera pas trop mon loyer : façon classique pour faire comprendre à un locataire de décamper.

Comme il fait un peu moins froid, moins quatorze seulement, j'en profite pour aller faire un tour dans un restaurant grec rue Prince-Arthur. J'en ai marre de bouffer seul des boîtes de conserve. Je commande un chiche-kebab avec frites et un demi de blanc. Pas mal de monde pour un soir de semaine. Une blonde agréable est seule dans son coin et m'étonne avec la bouteille de champagne qui trône dans un seau, devant elle. Comme personne ne la rejoint, je lui envoie un petit sourire. Elle y répond avant de remplir son verre et de s'offrir une bonne lampée. La bouteille est déjà bien entamée. J'avale mon chiche-kebab sans penser à autre chose. À la fin, j'allume une cigarette et je vois que la fille continue de vider sa bouteille, en souriant. Ça m'intrigue et je me lève pour aller vers elles: la fille et la bouteille.

—Vous permettez?

—Oui.

Je m'assieds et je pointe la bouteille.

—Vous allez me trouver curieux, mais pourquoi du champagne avec un chiche-kebab?

—C'est mon anniversaire ce soir... trente ans.

—Ah!... je comprends. Vous fêtez seule?

—Je n'ai trouvé personne pour m'accompagner.

Je trouve ça super qu'elle ait décidé de célébrer ainsi, sans pleurnicher dans son coin en regrettant les beaux jours. Trente ans... une des balises de l'existence, si on y arrive! Comme dix ans, vingt ans, quarante ans. Enfin pour celle-là j'ai encore le temps de m'y préparer.

—Je me souviens de mes trente ans... j'étais en prison.

Elle me lance un regard suspect.

—Non, rien de grave!... excès de vitesse.

—On ne fait pas de prison pour ça!

—J'avais bu pas mal... j'ai été baveux avec les flics.

Elle sourit et se détend.

—Champagne ? propose-t-elle.

—Volontiers !

On trinque en se fixant.

—Moi, c'est Robert.

—Hélène.

—Joyeux anniversaire, Hélène.

—Merci.

Elle boit un peu trop vite et je note que sa main tremble. On a jasé ensuite de tout et de rien et comme à cet exercice je suis imbattable, le temps a vite passé. Au point qu'il ne restait bientôt plus beaucoup de champagne. Quand elle a voulu qu'on le finisse, j'ai posé ma main sur la sienne.

—J'espère que vous ne conduisez pas !

—Je n'ai pas de voiture.

—Alors je me ferai un plaisir de vous raccompagner.

Elle a hoché la tête en souriant.

—D'accord... tu es français ?

—Moitié italien, moitié français.

—Sûrement intéressant comme cocktail ! Allons-y... Roberto, mais pas chez moi !

C'est ça les Québécoises : droit au but sans tataouinages ! À peine arrivé dans ma piaule, on a fait l'amour. Ses seins étaient ronds, bien lourds, et sa bouche gourmande. Ensuite on a déballé nos vies sentimentales. C'était la moindre des choses après ce qu'on venait de se faire avant. J'ai compris pourquoi elle était seule ce soir. Divorcée, ça c'est banal, avec un amant marié dans la cinquantaine. Banal aussi, mais attendez la suite. Ce type est si possessif qu'il lui interdit de rencontrer d'autres hommes ou de sortir sans lui ! Un coup de baise par semaine, deux au maximum, et il rentre chez lui ni vu ni connu les glandes soulagées. J'ai eu beau tenter de lui faire admettre qu'elle était en train de gâcher son existence, mais son karma avait l'air d'être coulé dans le béton. Quand je l'envoie visiter les anges une seconde fois, elle a ces mots charmants qu'il faudra que je note un jour dans mon CV, comme référence :

—Je me demande comment une femme peut te quitter après ça, Roberto !

Si, si, c'est pas des blagues ! Bon, disons qu'elle a peut-être un peu charrié... admettons, mais ça fait quand même un petit velours d'entendre une chose pareille. On s'est quittés au matin et elle n'a pas voulu me dire où je pouvais la joindre.

Vers huit heures, le téléphone m'a réveillé.

—Roberto ?

—Oui.

—Je tenais à te remercier pour cette belle soirée.

—Et pour ce que je t'ai dit, tu y as repensé ?

—Oui... Il vient de m'appeler pour savoir où j'étais hier soir. Il m'espionne constamment.

—C'est ta vie, ma belle, il n'y a que toi qui peux la changer !

—Je sais... mais n'essaye pas de me revoir. Je t'embrasse.

Et c'est tout. Comment voulez-vous qu'après ça j'aie le moral ? Je me suis levé en espérant que la journée ne soit pas trop mauvaise, mais là-dessus je me trompais... comme sur beaucoup d'autres choses d'ailleurs. Vous devez commencer à le savoir.

CHAPITRE 9

—La vie n'est pas un roman !

C'est ce que je me répète souvent quand ça va bien dans ma chienne d'existence. Mais je me dis ça aussi quand ça va mal, sauf qu'il y a des limites à la poisse qu'un être humain peut endurer. Alors que je pense à trouver le moyen de m'en sortir avec l'annonce que veut publier Sahara, Dupré et Dupéré se pointent.

—Je partais travailler, messieurs, désolé pour le café !

—On n'est pas venus pour le café, mais pour que vous fassiez paraître ça demain, dit Dupré en me pointant un papier sous le nez.

Je lis et je tique aussitôt.

> À TIMIDE
> Maintenant ce parc devrait
> s'appeler « Le parc Rouge »
> **BLANCHE-NEIGE**

—Quel parc ?

—Ça te regarde pas, Malacci !

C'est Dupéré qui a parlé et j'aime de moins en moins ce type.

—Faites publier ça dans les mêmes journaux que pour vos autres annonces, toujours au compte de votre ami Barbaroux bien sûr! me précise Dupré.

—OK, si vous y tenez vraiment!

—Nous y tenons vraiment, cher monsieur.

Ils partent en me laissant m'engluer dans ma guigne ancestrale. La première chose qui me vient à l'esprit, c'est que Sahara va bondir en découvrant cette annonce. La seconde, c'est qu'elle risque de m'envoyer contre un mur quand je serai obligé de mentir en lui disant que c'était mon initiative! Je vais au journal pour y trouver Pouliot qui est en maudit.

—Tabarnak ! Malacci, t'es au courant pour Jarry?

—Le... *parc* Jarry?

J'ai soudain les jambes un peu molles.

—Ouais ! Une bonne femme a été tuée cette nuit, là-bas, et ce peigne-cul de Loiselle l'a su avant moi!

Il brandit un *Journal de Montréal.*

—Lis ça!

Effectivement, le meurtre d'une femme au parc Jarry est mentionné sans trop de détails à part son nom: Louise Durand.

—Faut croire que tes indicateurs t'ont fait cocu, cette fois, Alfred!

—Y en a deux ou trois qui vont m'entendre, tu peux être certain!

—Bon... j'ai des trucs à faire, aujourd'hui, je peux y aller?

—OK, mais reste en *stand-by.*

—Merci, tu pourras toujours me joindre sur mon Pagette.

—Ouais, ouais, va faire tes «trucs»!

Je file aussitôt au *Journal de Montréal* pour voir Loiselle. Le type a la trentaine dégarnie et le verbe mou. Il sourit, railleur, en me voyant.

—Tu viens aux nouvelles, Malacci?

—Fais pas ton Ti-Jos Connaissant, Loiselle. Si on t'avait pas rencardé, t'aurais juste publié l'horoscope aujourd'hui!

Il se marre doucement .

—Pouliot doit pas être joyeux!

—Cette femme, elle est morte comment?

—Coup de couteau à ce qu'on m'a dit.

—Tu as pu la voir?

—Non, le corps était recouvert.

—Ah!.... dommage!

Il cligne des yeux, intrigué.

—Pourquoi tu demandes ça?

—Je suis un peu pervers. Qui t'as signalé ce meurtre?

—Et puis quoi encore!

—Je veux juste savoir si c'était un appel anonyme.

Il hésite à répondre et c'est normal. Dans notre métier on a des petits secrets qui ne sont pas toujours très jolis.

—Ouais, c'était ça, un appel anonyme.

—Merci.

—À quoi ça t'avance?

—À rien.

—C'est ce que je pensais. N'importe qui a pu m'avertir, j'ai des lecteurs fidèles! Pas comme Alfred!

—C'est pas bien difficile. Salut.

Il rigole pendant que je le quitte.

—Bien le bonjour à Pouliot ! qu'il me lance d'un ton sarcastique.

Je me contente de lui adresser un majeur bien raide sans me retourner.

De nouveau chez moi, je me résous à passer l'annonce de Dupré. Je suis presque certain que c'est lui qui a informé Loiselle de ce dernier crime. Louise Durand avait-elle vraiment « Timide » d'écrit sur son ventre ? J'aurais aimé que Loiselle me le confirme. Peut-être que Dupré a inventé ça, dans l'annonce, afin que le tueur soit convaincu que celui qui signe « Blanche-Neige » s'attribue le meurtre et *sa* signature. Par contre, si c'est bien l'assassin des femmes précédentes qui est l'auteur du crime du parc Jarry, la prochaine annonce va sûrement *l'agacer*, comme le souhaitait Léo.

Depuis que j'ai lu ce dossier sur les meurtres, chez Sahara, il m'est venu l'envie de rencontrer des proches des victimes. Pas parce que j'aurais pu nécessairement en apprendre plus que la police, mais parce que je suis écœuré d'être une marionnette entre les mains des Dupont-Dupond. Le hic, c'est que je n'ai aucune raison professionnelle de rencontrer ces gens-là... à moins de dire que j'étais le petit copain d'une des victimes, avec ce que cela impliquerait comme méfiance.

—Non, ça ne marcherait pas dans les familles.

Il suffit que je dise ça, à voix haute, pour réaliser où je pourrais aller sans crainte ! Dix secondes plus tard, je suis au volant de ma bagnole, en espérant que Pouliot ne me rejoigne pas avec une de ses idées « géniales » de reportage.

Chapitre 10

Le Baby Sitter se trouve dans Saint-Henri et les danseuses sont là à partir de midi, comme le mentionne l'horaire sur la porte. On peut quand même consommer en attendant. Le barman a dû naître dans un bloc de béton car il en a l'allure, son cou se confond quasiment avec ses épaules. Je commande une bière au comptoir.

— J'avais une amie qui travaillait ici... Renée.

Le type me jette un regard froid.

— Connais pas.

— Renée Lahaie.

— Ah ouais !... celle-là... beau *body*.

— Elle avait des copines ?

— Pourquoi tu demandes ça ?

— Ben... j'aimerais en rencontrer une ou deux... pour qu'on se parle un peu de Renée. C'était vraiment une bonne amie... tu me comprends ?

Le bonhomme ricane, l'air étonné.

— Ah bon ! j'aurais jamais cru ça d'elle !

— Ah oui !... je vois.

En fait, je ne vois rien du tout.

— Le *show* va bientôt commencer. La bière c'est cinq piastres, m'indique le barman.

Deux filles arrivent et se dirigent vers le fond de la salle où elles disparaissent par une porte. Avant, elles ont eu le temps de m'adresser un sourire en roulant des hanches. On se doit de flatter le client dans leur profession. Ça peut rapporter un peu plus que prévu. Le barman va déclencher une bande magnétique et la musique disco envahit la place. Les deux filles arrivent vite, en maillots une pièce retenus par un mince cordon autour du cou et une lanière minuscule entre les fesses. Elles viennent danser sur le comptoir à deux doigts de mon nez. Elles ont la trentaine maximum, sont pas mal roulées, et j'ai droit aux poses classiques pour faire bander le client. Je leur souris même si leurs contorsions me laissent froid, puis elles vont continuer de danser sur une plateforme circulaire avec effets stroboscopiques.

Quelques types arrivent et s'installent, en brandissant un doigt ou deux pour indiquer le nombre de bières qu'ils veulent. Je commande un sandwich et me dirige à une des nombreuses tables inoccupées. L'endroit est quand même à moitié plein : environ une quinzaine de gus. La plupart ont dans la trentaine, mais certains dépassent la cinquantaine. Une autre fille jaillit de nulle part, en *string* comme les danseuses. Elle doit avoir vingt-cinq ans maximum et une paire de seins force huit sur mon échelle d'évaluation. Elle m'apporte mon sandwich.

—Ça fait neuf piastres.

Je lui tends un billet de dix.

—Garde la monnaie.

Elle sourit et empoche.

—Merci pour le beurre !

— Tu ne danses pas ?

— Dans une heure mais, moi, c'est surtout le soir.

— C'est comment ton nom ?

— Samantha. Sam, pour les intimes.

— Moi, c'est Robert. Amène-moi une autre bière, Samantha, quand tu repasseras.

— Tu peux m'appeler Sam. Au-dessus de trois mots, on est déjà intimes ici !

Elle repart en marchant normalement, car le spectacle doit rester sur la scène, pas dans la salle. Ce que savent bien les clients qui continuent de mater les danseuses en sirotant leurs bières. Je mâchouille mon sandwich quand mon Pagette résonne. On me jette des regards intrigués autour, du genre : « C'est qui, lui ? » Je vais téléphoner au journal, car bien sûr, c'est Pouliot qui me cherche.

— Où c'que t'es, Malacci ?

— Chez un vendeur de pneus d'occasion.

— C'est quoi, cette musique ?

— Un *show* de *girls* pour mieux vendre le stock !

— Tu te fous encore de moi, hein ?

— Qu'est-ce que tu veux, Alfred ?

— Y a un beu qui est là pour toi. Amène-toé.

— Qui est-ce ?

— Lortie, tu connais ?

Ça me sidère un peu, mais j'enchaîne rapidement.

— Ouais... passe-le-moi.

J'attends et, au bout d'un moment, Pouliot me revient

— Il veut te voir et vite, c'est tout. Il n'est pas seul. T'as fait quoi encore, comme connerie ?

— Rien du tout, Léo est un *chum*. Dis-lui que j'arrive.

Je raccroche, mais avant de partir je vais voir Samantha.

—J'aimerais qu'on cause un peu plus, Sam, mais faut que j'y aille... On pourrait se revoir quand?

—Causer de quoi?

—De Renée Lahaie. C'était une bonne amie.

Elle me lance un œil ironique en ricanant.

—Tu manques pas d'air, toi! Me *cruiser* en te servant d'une morte!

—Tu n'y es pas du tout, c'est pas pour ça.

Je m'en vais rapidement, en me demandant ce que Léo peut bien avoir comme raison pour me rendre visite au journal. Quand j'arrive, je vois qu'il est installé au volant d'une voiture de police et qu'il y a un gradé que je ne connais pas avec lui. Léo et l'autre type se dirigent vers moi quand je sors de ma Renault.

—Bonjour, messieurs. Vous vouliez me voir?

—Oui, répond Léo d'une petite voix .

—Capitaine Di Sario, se présente l'autre sans me tendre la main, j'aurais des questions à vous poser concernant votre implication dans un dossier d'enquête criminelle!

La vie n'est pas un roman, je le savais!

Chapitre 11

Depuis qu'on a pris place dans leur voiture, c'est bien ce que je craignais. Di Sario est au courant de presque tout. Non, ce n'est pas Léo, ni Sahara ou les Dupont-Dupond qui l'ont mis au parfum, mais Denise, la femme de Léo... pour la bonne raison que Léo parle pendant son sommeil! À force de l'entendre marmonner mon nom, celui de Sahara ou des journaux, dont *Écho-Matin*, Denise a contacté Di Sario. Le type a vite commencé une recherche pour découvrir le stratagème qu'on utilisait. Autant dire que c'est foutu, maintenant.

—Vous réalisez ce que vous avez fait ? me demande Di Sario.

—Oui, bien sûr, mais ça fait partie de mon job ce genre de *gambling*.

—La police procède de manière différente quand elle recherche un coupable. Pas par les petites annonces!

—J'imagine, mais si ça peut vous aider dans votre rapport, sachez que c'était mon idée. Pas celle de Léo ou de Sahara.

Il ricane en hochant la tête.

—Possible, mais ça ne changera rien à ma décision. Léo n'est plus sur ce dossier et Castillo non plus. L'affaire est close.

—Tout est mal qui finit bien, donc!

—Quant à vous, vous mériteriez que je vous fasse passer le goût de ce genre de pratique.

—Faites comme vous voulez, capitaine, mais demain le type que la police recherche lira peut-être mon dernier message dans la presse. Je viens juste de l'envoyer.

—Quoi ! tu en as publié un autre ? s'exclame Léo.

—Eh oui ! Sahara avait une idée, mais j'ai trouvé que la mienne était meilleure!

—J'espère que ce sera tout, sinon je ne vous louperai pas! me lance Di Sario. Démarre, Léo!

Leur voiture s'éloigne et je décompresse un peu. En même temps, je suis déçu que tout se termine ainsi. Pas pour la chasse au tueur, mais surtout parce que je ne verrai plus Sahara certainement. Là-dessus je serais prêt à gager ma faible paye. Je regagne les locaux d'*Écho-Matin* pour y retrouver Pouliot.

—Ils t'ont pas ramassé ? Ça devait pas être ben grave!

—Non... une histoire de meurtres en série. J'ai dit que ça ne m'intéressait pas.

—Hein! Es-tu devenu fou, criss?

Vingt minutes plus tard, Pouliot et moi allons sur les lieux d'un accident près d'une école, dans le quartier Villeray. Un *flyé* a embouti un autobus scolaire à l'arrêt. Le chauffeur du bus est furieux.

—Maudit épais ! hurle-t-il au chauffard, c'est pas l'avertisseur qu'il fallait trouver mais tes *brakes* !

L'autre se désole, car la voiture est celle du garage qui réparait la sienne à la suite d'un accident identique.

—Mes assurances vont pas me louper, larmoie-t-il.

—J'espère qu'on t'enlèvera ton permis, toton !

—Heille, les nerfs ! tente de le calmer un des flics. Tiens, salut Alfred !

—Salut, Jean... c'est quoi qu'y arrive, icitte ?

—Y a rien là, comme tu vois.

—OK... *shoote* quand même le bus, Malacci, ça pourra toujours boucher un coin dans l'édition de demain !

Quand je vais pour m'exécuter, le chauffeur s'interpose.

—Range ton Kodak ! J'ai déjà assez de problèmes comme ça !

—Je vais juste cadrer l'arrière, pas ta face. T'inquiètes pas.

—Et qu'est-ce qu'on lira sur la photo : la plaque d'immatriculation ? *No way* !

—Je vais arranger ça.

J'arrache la plaque pour la lui remettre.

—Tiens... tu diras qu'elle est tombée sous l'impact !

—Heille ! gueule le chauffard, c'est pas vrai !

—Je sais, mais un bout de tôle brisée n'aggravera pas ton dossier !

Je prends deux clichés et on file rapido.

—T'es un esprit de croche, Malacci !... j'aurais jamais pensé à faire ça ! ricane Pouliot.

—Je sais que tu ne penses pas à grand-chose, Alfred. C'est pour ça que je t'endure!

—S'tie de Français! marmonne-t-il en riant.

Je me repointe au Baby Sitter en soirée. Le club est bondé et ça sent la sueur à plein nez: celle des danseuses et celle des clients. Dans un coin, en plus d'une fille qui se trémousse sur la scène, il y a deux paravents aux volets mi-clos où l'on peut s'offrir une *danse à dix*... Moyennant un billet de dix dollars, le client a droit à un spectacle privé avec la fille de son choix. En principe les contacts intimes sont interdits, mais en réalité ça frise l'orgasme quand ça ne le déclenche pas pour le bonhomme. La danseuse vient parfois se frotter la croupe sur le ventre du client dont les mains ne restent pas inactives! Je repère Samantha, sortant d'un paravent, avec un jeune mec et je saute sur l'occasion en m'avançant.

—À mon tour, Samantha, d'accord?

Elle a un petit rire et approuve de la tête en repartant derrière l'abri. Je la suis, m'assieds sur l'unique tabouret, et elle commence à remuer lascivement au rythme de la musique.

—J'savais bien que c'étaient mes fesses qui t'intéressaient, rien d'autre!

—Faux! Je veux vraiment que tu me parles de Renée.

Elle me fixe d'un air mauvais.

—J'ai pas de temps à perdre avec ça!

Je sors un billet de vingt que je lui glisse entre les seins.

—Tiens, si ça peut t'aider à te souvenir!

Elle est surprise, mais continue de danser plus lentement.

—Tu veux savoir quoi, au juste?

—La nuit où elle est morte, est-ce que tu étais là?

—Ouais.

—As-tu remarqué quelque chose d'anormal: un type plus excité que les autres, je ne sais pas?

—Non, pas plus que d'habitude. Ils viennent tous pour s'exciter, ici!

Elle vient se coller à moi et frotte ses seins sur ma poitrine.

—Pourquoi tu poses ces questions, t'es un flic?

—Non, je suis curieux de nature et Renée était une amie.

Elle éclate de rire en se reculant.

—Oui, il paraît qu't'as dit ça à Dan mais j'y crois pas. Renée avait une seule sorte d'amies... les femmes comme elle!

J'essaye de ne pas trop lui laisser croire que je ne le savais pas.

—Oui... je sais, elle préférait ça!

—Ben sûr! Qu'est-ce que t'essayes de me faire accroire, qu'elle couchait avec toi?

—OK, c'est vrai... je ne la connaissais pas. J'écris un bouquin où un personnage est une danseuse à gogo. Elle se fait tuer par un maniaque sexuel, alors je cherche à savoir comment Renée a pu rencontrer son assassin. Ici, probablement, mais quand et pourquoi le tueur l'a choisie et pas une autre?

Elle vient s'asseoir sur mes genoux en remuant sa croupe.

—Tu serais pas un d'ces cochons à qui il faut raconter toutes sortes de trucs pour l'faire venir?

—Non, une fille qui me plaît n'a pas besoin de grand-chose pour ça!

—Écrivain, hein !

—Oui.

—J'te crois pas... t'es peut-être celui qui a tué Renée !

—Recule-toi... je commence à avoir du mal à me contrôler.

—J'avais senti !

Elle se lève en souriant et continue de danser. Je me lève et m'apprête à la quitter.

—Bon, je vois que tu ne veux rien me dire. Je vais te laisser avec d'autres clients plus conformes à tes habitudes !

—Vingt piastres, ça vaut quand même un renseignement qui vaut ce qu'il vaut !

—Lequel ?

—Un bonhomme est venu, une semaine avant qu'elle soit tuée. Elle est allée avec lui pour une danse à dix... enfin, pas vraiment à dix !

—Il lui a demandé un truc spécial ?

—Non.

—Ce type, tu l'as vu ?

—Non, il est venu pendant mon soir de congé.

—Et comment t'as su ça ?

—Parce que Renée m'a dit que c'était la première fois qu'un bonhomme lui laissait cinquante piastres !

—Elle avait dû lui faire tout un *show* !

—Pantoute, il lui a juste demandé comment elle s'appelait dans la « vraie vie » et il est parti presque aussi vite !

—Ah bon !... et elle ne l'a pas revu ?

—J'sais pas, mais il devait être un peu *crackpot*.

—Comment ça ?

—Ben !... pour lui avoir filé autant d'cash juste pour savoir son prénom !

Ça ne m'avance pas beaucoup, mais je tente une autre question.

—C'était une bonne amie à toi ? Je veux dire plus qu'elle pouvait l'être avec d'autres filles ?

—Non. J'préfère les hommes, si c'est ce que t'essayes de savoir !

—Et je ne crois pas qu'ils doivent s'en plaindre ! Tiens, je te laisse mon téléphone au cas où tu te souviendrais d'autre chose sur ce type.

Je lui griffonne mon numéro sur le dos d'un vieux billet de stationnement et je m'en vais. Je regagne la salle et le barman me jette un œil libidineux, pendant que je lui commande une bière.

—Sapré belle fille, Sam, hein ?

—Oui... Je reviendrai sûrement la voir.

Quand je quitte le club, il fait un froid de canard, ou d'orignal si vous préférez, et je me hâte vers ma Renault. La neige commence à tomber alors que j'actionne l'essuie-glace arrière, le seul qui marche régulièrement, pour constater qu'une voiture me suit. D'un peu trop près même, mais j'angoisse peut-être pour rien.

Chapitre 12

Je devais me faire des idées, car cette voiture collante a continué sa route et je suis rentré sans problème. Vers cinq heures, mon téléphone sonne alors que je dormais dur.

— C'est qui... bordel !

— Dan, le barman du Baby Sitter.

— Ah !... salut.

Je me réveille vite en me calmant.

— Excuse, j'savais pas que...

— Pourquoi qu'tu t'intéresses tant à Renée ?

J'hésite juste un peu avant de répondre.

— C'est pour un bouquin policier que j'écris.

— C'est quoi, ton nom ?

J'hésite un peu. Vaut mieux rester anonyme.

— Mario... Mario Barbaroux.

— Samantha m'a dit que c'était Robert.

— Ça c'est mon nom d'auteur : Robert Gascon.

— Ouais... on va dire ! J'suis pas intéressé à ce que tu parles de Renée dans ton bouquin.

— C'est pas vraiment d'elle dont je parlerais. Mon personnage s'appelle Babette et c'est une *topless*.

—C'est niaiseux comme nom pour une *topless* ! Maintenant, Mario, Robert ou j'sais pas qui, oublie Renée. On n'aime pas ben ça, icitte, quand quelqu'un vient fourrer son nez comme tu l'as fait !

Il raccroche. Ma visite au Baby Sitter ne m'a rien appris de neuf, sinon que Renée était lesbienne. La seule chose que je peux en conclure, c'est qu'elle n'a pas répondu aux avances d'un énergumène et que le bonhomme s'est juré de l'avoir quand même. Sauf que ça ne tient pas vraiment, mon raisonnement. L'autopsie est formelle : Renée Lahaie n'a pas été violée, tout comme les autres victimes avant elle. Je me recouche en pensant que je n'ai pas averti Sahara de l'annonce qui va paraître dans quelques heures.

En me levant j'ai la bouche pâteuse et un gros mal de bloc. J'avale deux Tylenol avec un café et je vais acheter *La Presse*. Dans les petites annonces, section « Divers » je trouve la mienne, enfin celle de Dupré. Ça me donne un frisson. Comment le bonhomme qui a tué cette fille, au parc Jarry, ou le tueur qui marque ses victimes avec le nom d'un des sept nains pourra réagir à ça ? Encore faut-il que l'un ou l'autre lise les journaux ! Plus j'y pense, plus je me dis que le plan de Léo était foireux. Un assassin, qui qu'il soit, n'aurait rien à foutre du fait qu'un autre s'attribue ses crimes. Tant mieux pour lui, ça ne ferait que mettre la police sur une fausse piste. Ce que je comprends encore moins, c'est pourquoi Dupré a tenu à poursuivre ce jeu morbide.

Comme à dix heures je n'ai pas eu d'appel de Pouliot, j'en déduis que j'aurai la matinée *off*. Je vais traîner un peu rue Saint-Denis et j'entre dans le troquet de triste mémoire où j'avais suivi cette fille qui m'employait*. Il y a seulement quelques clients qui, à voir leur tête, ont du faire chou blanc cette nuit. Je me fais un peu reluquer par un jeune beau dans la trentaine, qui n'insiste pas quand il me voit sourire à la serveuse qui n'a rien d'équivoque, avec son décolleté plongeant et son rouge à lèvres style Madonna.

Quand mon Pagette sonne, je grimace. J'ai vraiment pas envie de retrouver Pouliot. Sauf que ce n'est pas le numéro du journal qui s'affiche sur le lecteur, mais celui de Sahara. Je vais au comptoir et la serveuse me tend le téléphone.

—C'est un appel local ?

—Oui.

—C'est mieux, sinon je me souviendrai de toi. J'ai la mémoire des visages.

—Et moi celle des poitrines !

Elle ricane en haussant les épaules.

—Celles que tu trouveras ici ne se laissent pas tripoter par n'importe qui !

—Alors ça confirme ma règle.

—Qui est ?

—Ne jamais se fier à une belle paire de seins pour s'imaginer n'importe quoi !

—Merci du compliment, mais j'ajouterai : surtout quand cette paire est celle d'un transsexuel !

Elle, ou plutôt il, s'éloigne pour servir un client. J'en ai encore à apprendre question *repérages* ! Je compose le numéro de Sahara.

---

* Voir *la Belle au gant noir*, Québec/Amérique, coll. Sextant 5, 1994.

—Allô !

—C'est Robert.

—C'est quoi cette annonce de « Blanche-Neige » avec « Timide » ?

—Tu n'aimes pas ?

—Te fous pas de moi ! J'attends des explications.

—C'est pas l'endroit pour. Je suis dans un bistrot et la serveuse est un homme qui n'est pas commode !

—C'est ce que je disais : tu te fous de moi !

—On pourrait se voir ce soir et...

—Je ne suis plus sur l'affaire et Léo non plus !

—Je sais, à cause de sa femme.

—Oui, entre autres.

L'ersatz s'approche, l'air baveux.

—Tu dragues par téléphone, *man* ?

—Non, je cause à ma mère à l'hôpital.

—Qu'est-ce que tu dis ? fait Sahara.

—Je dois te quitter, maman. On a besoin du téléphone.

Sahara raccroche brutalement et l'autre ricane.

—Ta mère ? Une poule, tu veux dire !

—Non, non, c'est vrai. Elle déraille complètement, la pauvre. On vient de lui enlever l'utérus et elle se prend pour un homme, mais il lui manque quand même un truc important pour ça !

Je lui laisse un billet de cinq dollars pour ma boisson et il me regarde, l'air mauvais.

—T'as pas de monnaie, *man* ?

—Non.

—Ah ! va falloir que je fasse *checker* ton billet. Y a plein de faux dollars en ce moment dans le quartier !

Je comprends qu'il veut me faire chier.

—Eh oui ! comme il y a plein de fausses minounes... *man* !

Je sors avant qu'il m'agresse avec ses mamelles en silicone.

Chapitre 13

J'ai rôdé ensuite en essayant de trouver quoi dire à Sahara quand je la verrai. J'ai eu beau chercher, *nada*. Le mieux que j'aie à faire, c'est de lui faire croire que j'ai voulu mener l'enquête à ma façon. Ça finira de me faire passer pour un idiot auprès d'elle, mais au moins je garderai le secret sur mes rencontres avec les Dupont-Dupond. Après un casse-croûte pris rapido, je regagne le journal. Pouliot est absent, mais la réceptionniste m'indique quelqu'un assis dans le hall.

—T'as une visite, Robert.

La personne est une femme dans la trentaine, les cheveux noirs coupés courts, mais ce n'est pas du tout mon genre. Enfin, disons un de mes genres. Je les préfère surtout blondes, sauf Sahara bien sûr ! Je m'approche.

—Robert Malacci, c'est moi que vous vouliez voir ?

—Oui... je suis Denise Lortie, la femme de Léo. J'aimerais vous parler

J'en reste un peu sur le cul.

—Ah bon !... d'accord, mais pas ici. Y a une binerie, tout près.

Une minute plus tard, on est chez Fred. Je commande une tarte avec un café, et Denise, une frite et un coke. En allumant une gitane je remarque qu'elle grimace.

—Je gage que la fumée vous dérange !

—Un peu, oui, surtout que je trouve ça suicidaire de fumer.

—C'est ce que ma mère me disait quand j'étais asthmatique et que je me tapais un paquet par jour.

—Et en plus vous faites de l'asthme ?

—Je faisais. Le tabac a fini par avoir la peau de cette saloperie.

Elle secoue la tête et doit m'imaginer pas mal inconscient.

—Vous êtes pas mal inconscient, si je peux me permettre !

—C'est bien ce que je croyais. Pas que je le sois, mais que vous pensiez ça.

—Léo fumait lui aussi, mais il a su s'arrêter.

—Donnez-moi sa recette.

—La volonté, c'est tout.

—Plus un chaperon derrière le dos certainement !

Elle tique un peu.

—Cesser de fumer n'a pas été la chose la plus pénible pour Léo.

—De quoi vouliez-vous me parler ?

—De vos manigances avec cette fille.

—Sahara ?

Elle ricane brièvement.

—Vous aussi vous l'appelez comme ça ?

—Évidemment ! Qu'est-ce qui vous chicote ?

—Elle est dangereuse.

—Comment ça ?

—Elle se fiche des conséquences de tout ça sur Léo.

—Quelles conséquences ?

—Je ne sais pas, mais de l'entendre marmonner toutes sortes de choses dans son sommeil me fait craindre le pire.

—C'est pour ça que vous êtes allée voir Di Sario ?

—Oui. Maintenant, même si Léo a été écarté de l'enquête, cette fille voudra certainement continuer avec lui.

—Et je devrais les en empêcher, c'est ça ?

—C'est ce que je suis venu vous demander.

Fred nous apporte nos commandes et je lui laisse le temps de s'éloigner.

—Je trouve que Léo est assez grand pour décider ce qui est bon ou non, pour lui.

—Pas moi... mais c'est vrai que je le connais mieux que vous.

Moi qui pensais lui river son clou, je ne peux qu'admettre que c'est vrai.

—C'est quand même lui qui avait entrepris cette enquête, pas Sahara ! Elle n'a fait que l'aider dans ses recherches. Pourquoi n'êtes-vous pas intervenue dès le début ?

—Léo ne m'avait rien dit alors.

—Ce que j'aimerais savoir, c'est pourquoi Léo avait voulu tout abandonner, dernièrement, avant que vous alliez voir Di Sario pour qu'il découvre nos annonces ? Léo devait avoir une bonne raison de lâcher son enquête, non ?

—C'est possible, mais si cette fille n'était pas intervenue pour qu'il continue, je ne serais pas ici !

—Sahara l'a fait par pure sympathie... et aussi parce qu'elle a une amie d'enfance à venger en tentant de trouver ce tueur.

Denise hausse les épaules.

—Je ne veux pas connaître les motifs de cette personne. Je vous demande simplement de me croire quand je vous dis que Léo ne doit pas continuer ses recherches.

Ou elle s'inquiète parce qu'elle pense que Léo et Sahara sont amants, ou elle en sait plus que ce qu'elle m'a dit.

—L'ennui c'est que Sahara se moquerait pas mal de mon avis en ce moment!

Elle a un petit rictus.

—Pourtant vous êtes de bons amis, selon Léo!

—On l'était, mais depuis ce matin elle doit me détester un peu plus.

—Pourquoi?

—Elle n'a pas dû apprécier mon initiative dans les petites annonces.

—Un autre de vos messages bizarres?

—C'est ça!

Elle grignote une frite.

—Vous la revoyez bientôt, cette Sahara?

—Aucune idée.

—Alors, j'irai la trouver.

—Je ne peux pas vous en empêcher, mais ce ne sera pas facile pour vous de la convaincre!

—Pourquoi? Qu'est-ce que Léo vous a raconté sur moi?

—Pas grand-chose, mais il semblerait que vous avez un radar à la place du nez!

Elle hausse les épaules.

—Donnez-moi l'adresse de cette fille, s'il vous plaît.

J'imagine la tête de Sahara voyant débouler Denise chez elle pour lui faire une scène.

—Non. Tout au plus, je peux vous donner le numéro de la SQ. De toute façon, vous l'auriez trouvé, mais en ce moment Sahara a pris un congé... vous devez savoir pourquoi !

Elle sort un petit agenda de son sac à main, puis me le tend en l'ouvrant à une page blanche.

—Marquez-le ici, quand même, ce numéro de la SQ.

Je m'exécute et elle range son carnet.

—Merci... je ne dirai pas pour tout, mais au moins de m'avoir écoutée.

Comme elle cherche de quoi payer sa note, je la lui enlève des mains.

—Laissez. Une frite et un coke, ça ne me ruinera pas.

Elle sourit un peu pour la première fois.

—Je ne pensais pas qu'il existait encore des hommes capables d'un tel geste. Certaines femmes doivent apprécier !

—De moins en moins et ça me désole !

Elle se lève, alors que je lui pose la question qui me tarabustait.

—Comment avez-vous connu Léo ? pas par les petites annonces, sûrement !

Elle me regarde une seconde avant de répondre d'un ton sec.

—Non, dans un hôpital. Au revoir. Merci pour le téléphone et pour l'addition !

Elle s'en va et je pioche machinalement dans les frites qu'elle a à peine touchées. La journée continue aussi mal qu'elle avait commencé.

Chapitre 14

Jusqu'au soir il ne s'est rien passé de spécial : pas de *scoop*, rien qui vaille la peine d'un cliché, même pas les funérailles d'un pompier qui avait tenté de sauver un paraplégique des flammes et qui y avait laissé sa peau. Pas assez *hot* pour *Écho-Matin*, selon Pouliot.

—Après tout, il avait qu'à pas y aller ! avait-il dit. Qu'est-ce que tu veux que j'accouche comme article là-dessus ?

—T'aurais pu parler de son courage, de son héroïsme !

—Il aurait fallu que je fasse de la poésie et c'est pas mon truc.

—Ça je sais, mais c'est quoi ton « truc » finalement ?

—Tout le reste.

—Tu te sens pas un peu étouffé par ton ego ?

—Mon égal tu veux dire !

—Aaaah ! laisse tomber, Alfred.

Ce qui fait que, en rentrant chez moi, j'étais plus disposé à m'écraser devant la télé qu'autre chose. Surtout pas à voir Sahara, Léo ou qui que ce soit d'autre. Manque de pot, j'avais quelqu'un qui m'attendait dans sa voiture : Dupéré. En me voyant, il s'est aussitôt avancé.

—Salut, Malacci.

—Salut. Si j'avais su, je vous aurais laissé une clé !

—J'ai essayé de te joindre à *Écho-Matin*, mais on m'a dit que tu étais en *stand by*.

—C'est vrai.

—Tu restes où dans ces cas-là ? Pas chez toi, j'ai bien vu !

—Oui, je me balade un peu partout. C'est pour ça que je connais bien Montréal.

—Tu te balades où, précisément ?

—C'est un interrogatoire ?

—Non, mais ça pourrait le devenir.

Ce type commence à me les gonfler royalement avec son air de bouledogue affamé. Comme il semble tellement bien me connaître, à force de me tutoyer, je lui renvoie le même genre de discours.

—Écoute donc, Dupont, quand t'auras fini de te prendre pour un autre, on pourra peut-être se parler comme du monde !

—Tu serais pas allé chez ton copain Mario, par hasard ?

—Quoi ? Mario est en France, tu le sais bien.

—Tu connaissais le nouveau locataire de son logement ?

—Non, rien à foutre... pourquoi, il a déménagé lui aussi ?

—Si on peut dire !

Il lève les yeux vers le ciel. Je devine la suite, mais je fais l'innocent.

—Si t'étais un peu plus clair, Dupont, j't'en voudrais pas!

—Le bonhomme s'appelait Charles Lesage. Un gai qui chantait des tounes de Joséphine Baker sous le nom de la grande Charlotte, dans les cabarets. On l'a trouvé dans sa baignoire, cette nuit, et ses derniers trémolos ont été les bulles de sang qui sortaient de sa gorge tranchée. Pis arrête de m'appeler Dupont, OK?

Quelqu'un est allé zigouiller celui qu'on a cru être Mario. Le hic, c'est que je dois craindre pour mes fesses, car c'est moi qui étais visé certainement.

—Bon et alors ? Désolé pour Charlotte, mais je me blesse déjà en me rasant, alors imagine en train de couper le cou à quelqu'un!

—Ouais ! Dupré veut te voir. Je t'emmène, monte.

Nous voilà partis vers une destination inconnue. Il n'ouvre pas la bouche durant tout le trajet et on arrête devant un cottage dans le quartier Hochelaga-Maisonneuve.

—Vos nouveaux locaux ? je demande, ironique.

—On travaille pas seulement au bureau, figure-toi!

Il va sonner et c'est Dupré qui vient ouvrir, l'air étonné.

—Je ne pensais pas que tu le trouverais, Claude.

—Il vient juste d'arriver chez lui.

On entre et j'ai le temps d'apercevoir une femme qui ferme une porte derrière elle. On s'installe au salon devant une petite table sur laquelle est posé un jeu d'échecs. Les pièces sont originales, en terre cuite. Les pions sont des soldats coiffés de heaumes. Je soupèse un roi pour évaluer son poids.

—Posez ça, m'intime Dupré. C'est un jeu auquel je tiens. Son créateur est décédé et les moules d'origine n'existent plus.

—Alors vous ne devez pas jouer souvent avec !

—Jamais. C'est pour le plaisir des yeux... et comme souvenir.

—Dommage. Je pensais que vous vouliez me voir pour faire une partie !

—Nous en faisons déjà une, cher monsieur... nous essayons de mater ce tueur qui a encore frappé cette nuit !

Je suis un peu surpris par sa remarque.

—Vous devez faire erreur. Notre homme ne s'attaque qu'aux femmes !

—Jusqu'à présent c'était vrai, mais ce meurtre est certainement de lui.

—Pourquoi ? Il a changé de clientèle cible ?

—Je suppose qu'il n'a pas pris le temps de demander son nom à Charles Lesage. Il devait être certain qu'il était en face de celui qui signe « Blanche-Neige » dans la presse. En fait, c'est vous qu'il voulait tuer puisque c'est le nom et l'adresse de votre ami Mario que vous avez donnés aux journaux.

—Vous auriez pu établir la surveillance de ce logement, non ?

—On l'a fait, réplique Dupéré, deux de nos hommes se relayaient dans une voiture banalisée. Lesage est arrivé vers trois heures du matin. Seul. Les voisins du dessous ont entendu le bain qu'il se faisait couler, en chantant.

—Et personne n'a vu entrer le tueur?

—Non, puisqu'il était déjà là ! Il était passé par le puits de lumière et il est reparti ainsi.

—Mais qui a découvert le crime?

—Les mêmes voisins, quand l'eau de la baignoire a fini par déborder en inondant leur plafond. Ils sont montés et, comme personne ne répondait, ils ont appelé la police.

—Ouais !... en plus d'être un fou sanguinaire, ce fumier est un acrobate. Il aurait pu se péter le cou avec la neige qu'il y a sur les toits!

—C'est malheureux pour Lesage, mais le tueur doit être certain qu'il ne verra plus d'annonces de « Blanche-Neige » dorénavant, note Dupré.

—Oui, c'est triste pour ce pauvre bougre qu'on a pris pour Mario, ou pour moi plutôt, mais ça met fin à notre collaboration. Autant profiter de cette erreur du tueur et lui laisser croire qu'il sera tranquille. Vous serez de mon avis!

—Pas vraiment, cher monsieur, dit Dupré.

—Non. En fait, pas du tout même ! renchérit Dupéré.

J'aurais dû me douter que ces deux-là n'allaient pas me lâcher facilement et je déchante. Comme disait le président Lincoln: « L'être le plus intelligent qui soit est la poule. Elle ne chante victoire qu'après avoir pondu».

—Je peux savoir ce que vous mijotez?

—Une autre annonce, à faire paraître dans deux jours, répond Dupré

Il sort un papier de sous le jeu d'échecs et me le montre. Ce que je lis me confirme que la vie n'est pas un roman, surtout pas la mienne.

> Charlotte dans son bain
> Entonnait son refrain.
> Mes sept nains
> Te trouvent très vilain !
> **BLANCHE-NEIGE**

—Ça va nous mener où ? Vous tenez à ce que ce malade continue d'égorger au hasard en pensant qu'il m'a eu à chaque fois ?

—Maintenant, tu donneras ton vrai nom et ton adresse aux journaux, dit Dupéré.

—Nous continuerons la surveillance de votre domicile, ajoute Dupré.

—C'est génial ! Elle a fait ses preuves, la nuit dernière, votre surveillance ! Je pourrais même prendre un bain tous les soirs, en laissant ma porte ouverte !

Ma boutade n'est pas appréciée, ce qui ne m'étonne pas. La femme sort sans bruit de la cuisine, probablement, et vient déposer un plateau avec trois tasses devant nous.

—Café ou thé ? s'informe-t-elle, d'une voix menue.

—Thé pour moi, tu sais bien, répond Dupré.

—Moi aussi, Véronique, avec beaucoup de lait, mentionne Dupéré.

—Et pour monsieur ? me demande-t-elle.

—Rien, merci.

Elle s'éloigne, aussi silencieusement qu'elle est venue. Dupré note mon air curieux.

—C'est mon épouse, m'indique-t-il.

—Vous travaillez en famille, on dirait !

Dupéré interroge Dupré du regard.

—On le lui dit ou pas, maintenant ?

—Oui. Je crois qu'il doit savoir. Ça nous évitera bien des questions.

Dupéré se racle un peu la gorge avant de parler.

—Il y a presque un an, Emmanuelle Lachance a été tuée près d'ici. C'était la sœur de Véronique. On était fiancé, Manu et moi ! m'informe-t-il d'une voix rauque.

—Elle a été retrouvée morte comme deux autres femmes avant elle : sauvagement mutilée, le sexe rasé sans avoir été violée. « Le Prof » était marqué sur son ventre, continue Dupré.

—Tout comme pour les victimes précédentes, qui portaient le nom d'un des nains de Blanche-Neige : Joyeux et Atchoum, et celles qui ont suivi aussi : Renée Lahaie, marquée « Simplet », et « Timide » sur Louise Durand, ajoute Dupéré.

À l'entendre, je suis porté à croire que c'est la vérité au sujet de « Timide ». Ça n'était donc pas une tentative de Dupré pour agacer le tueur, comme je l'avais supposé.

—Depuis la mort de Manu nous sommes à la recherche de l'assassin. On a cru que c'était vous en lisant votre annonce qui mentionnait ces grains de beauté et ces dessous blancs correspondant exactement à Manu, poursuit Dupré.

Ce qu'ils viennent de m'apprendre change l'image que j'avais d'eux. Ils enquêtent surtout pour des raisons personnelles, en plus de leur mandat officiel : Dupéré, parce qu'Emmanuelle Lachance était sa promise et Dupré parce que c'était sa belle-sœur.

—Ah ! je comprends mieux, maintenant. Désolé pour elle.

—Sûrement pas autant que moi ! fait Dupéré.

Bien que Dupré m'ait interdit de toucher au jeu d'échecs, je déplace le cavalier des blancs en f3.

—Je suis prêt à tenter la partie, mais je ne pourrai rien faire publier à *Écho-Matin* vous le comprendrez... et puis j'aimerais aussi être armé.

—Surtout pas. Ce salaud, nous voulons l'avoir vivant ! objecte Dupré.

—Mais nous, nous sommes toujours armés si ça peut te rassurer ! ajoute Dupéré d'un ton froid.

À l'entendre, je réalise qu'il ne faudrait pas me trouver entre son *gun* et le tueur s'il le surprenait chez moi, car il l'abattrait probablement aussitôt. Autre « bavure » que la police saurait facilement excuser en expliquant comment est morte la fiancée de leur collègue ! Pendant qu'ils sirotaient leurs thés, j'ai songé à tout leur raconter : dire la vérité sur mon rôle avec Sahara et Léo, mais je me suis retenu. Les conséquences auraient pu être désastreuses, surtout pour Sahara. Elle aurait pu risquer plus qu'un blâme de ses supérieurs : une affectation lointaine, qui sait ? D'imaginer que, par ma faute, elle me haïrait, avec raison cette fois, m'a fait me mordre la langue et fermer ma gueule.

J'ai eu du mal à m'endormir après cette conversation. Je dois passer l'annonce voulue par Dupré dans tous les journaux de Montréal, sauf à *Écho-Matin*. Ça ne fera qu'aggraver mon cas auprès de Sahara, sauf si je lui dis pourquoi j'y suis obligé. Je verrai bien. J'aimerais savoir si Denise lui a téléphoné et ce que Sahara a décidé : la rencontrer ou non ?

Une chose qui est sûre, c'est que je suis impliqué encore plus qu'avant dans cette histoire. J'y risque ma peau maintenant. Ce que j'ai pu en deviner, jusqu'à présent, c'est que les crimes font partie d'un message qui a trait au conte de Blanche-Neige. Pas de quoi se vanter, comme déduction, car je reste dans le brouillard ensuite. À qui serait destiné ce message ? J'en ai aucune idée car, ni Sahara, ni Léo, n'ont pu établir l'équation qui résoudrait l'énigme posée par les noms des nains. Manifestement, Dupré et Dupéré proposent des gambits au tueur, avec leurs deux derniers messages. Mais quel genre de piège essayent-ils de lui tendre ?

Chapitre 15

Je me réveille brusquement dans la nuit. C'est l'appel ambigu du barman du Baby Sitter, Dan, auquel je rêvais, qui en est la cause. Je me souviens de lui avoir donné le nom de Barbaroux quand il m'a demandé le mien. Je vais consulter l'annuaire téléphonique et j'y lis que Mario y figure toujours. Merde ! j'aurais dû y penser. Le nouvel annuaire n'est pas encore paru et c'est seulement alors que les coordonnées de Mario seront supprimées. Ça ne prouve pas que Dan soit le tueur qu'on recherche, mais il faudra que je mentionne ce « détail » à Dupré et Dupéré.

Au matin, je sais ce que je vais faire. Avant de rencontrer quiconque, je vais aller voir Di Sario. Il y a un truc qui m'agace depuis le début dans cette affaire. Pourquoi a-t-il permis à Léo de mener une enquête personnelle, alors qu'il savait que Léo n'avait ni le droit, ni les qualifications pour cela ? Je saute dans ma bagnole en priant qu'elle démarre. Faut dire qu'au-dessous de moins vingt, elle a ses humeurs, ma Renault, mais cette fois elle ronronne rapidement.

En arrivant au poste 33, je présente ma carte de presse et je demande à voir Di Sario. Pas de pot, il sera absent toute la journée. Tous les chefs des postes de la CUM ont été convoqués au quartier général pour discuter de la nouvelle police de quartier. Je m'informe de Léo. Il était de service cette nuit et n'arrivera qu'à deux heures. Tant qu'à être ici, je vais à la cafétéria où je sirote un jus de chaussette pour me réchauffer. Quelques flics vont et viennent et certains me regardent d'un air moqueur. On a vite su pour qui je travaillais ! Au bout de cinq minutes, je décide de partir. En passant près d'une table, j'entends :

— Comme ça, *Écho-Matin* s'intéresse à Léo ?

Le type qui a parlé est assis avec un autre et il me fixe, ironiquement. Il ne m'en faut pas plus pour aller m'asseoir près de lui. Faut pas trop me chercher, le matin, surtout pas un flic.

— Comment avez-vous deviné... « inspecteur » ?

Il ricane avant de répondre.

— Ben... parce que tu veux le voir et que t'es journaliss !

— Il veut peut-être essayer de faire sauter une contravention de Léo ! mentionne son collègue qui me semble plus brillant.

— Ouais, ça s'pourrait !... c'est vrai ? me demande l'autre.

Alors que je vais poursuivre en persiflant, je me souviens d'une chose que Di Sario a demandé à Sahara lors de leur première rencontre. Ça concernait la réaction de Léo quand il avait découvert Viviane Pinchaud.

—Non... c'est par rapport à cette femme que Lortie a trouvée assassinée, l'an dernier.... vous vous souvenez ?

Ma question les surprend.

—Non... pas vraiment, dit le premier, et toi Réal ?

—Ça fait longtemps... j'me souviens pas.

Ils ont l'air sincère, mais j'ai envie de pousser un peu. Juste pour voir. Dans ces cas-là, je joue comme une partie d'échecs à l'aveugle : j'avance mes pièces en espérant ne pas faire de gaffe à chaque coup.

—Dommage !

—Tu veux savoir quoi, exactement ? demande Réal.

—*Écho-Matin* s'intéresse aux crimes sanglants qui ont eu lieu ces derniers mois... j'interroge ceux qui peuvent m'aider à pondre un article. J'aimerais que Lortie me donne des détails sur cette femme assassinée : vous savez, le genre de choses qui font que les lectrices vont plaindre la pauvre victime !

Ils hochent la tête, pas surpris cette fois.

—J'm'en doutais, Jo, fait Réal, quand *Écho-Matin* est dans le coin c'est pas pour chercher des *peanuts* ! Faut toujours qu'ils cherchent la marde, leurs reporters !

—Souvent on ne la cherche pas, j'avance, on a un coup de chance en tombant dessus !

—Un coup de *bullshit*, ouais ! Tu vois... comment tu t'appelles ?

—Malacci.

—Tu vois, Malacci, je dis que vous êtes tous des croque-morts dans votre métier. Avec le genre d'articles comme ceux qu'on lit dans ton journal, ça fait juste de l'engrais pour tous les *fuckés* qui existent déjà !

Il se lève et s'éloigne en mettant sa casquette.

—Traîne pas trop avec lui, Jo !

Jo commence à se lever, alors je tente un gros coup d'esbroufe.

—À défaut de Lortie, sa femme pourra peut-être m'aider. J'ai rendez-vous avec elle.

Il fige sur place avant de se rasseoir lentement, interloqué.

—Tu vas voir sa femme ?

—Denise, oui !... elle sait quelque chose, d'après ce que j'ai pu comprendre. Et comme je serai obligé de la citer dans mon article, j'imagine que ça lui fera plaisir ! Les femmes aiment toujours ça, pas vrai ?

—Ouais !... j'espère que ça va pas nous retontir dans le portrait !

—Pourquoi, ça devrait ? Vous avez des choses à cacher ?

—Nous, non, mais d'autres !...

Je sens que j'ai débusqué un lièvre. Faut pas que je le lâche.

—C'est vrai, Denise est prête à m'en dire plus que j'espérais, mais je ne crois pas que ça concerne votre poste. Uniquement son mari.

—Qu'est-ce qu'elle t'a déjà raconté sur Léo ?

—Paraît qu'on le surnomme « Bullit » tellement il chauffe bien son char !

Il ricane doucement.

—Je chauffe aussi bien que lui !

—J'en doute pas... mais c'est ce qu'elle doit me dire d'autre que j'ai hâte d'entendre !

—Comment ça?

—Chaque fois que quelqu'un me dit : « J'ai besoin de soulager ma conscience », on peut s'attendre à tout comme aveux !

Maintenant, il est vraiment ahuri.

—Elle... elle a dit ça?

—Oui, mais avant de la revoir, j'aurais voulu connaître la version de Lortie... de façon à pouvoir comparer, c'est toujours mieux.

—Il sait que tu vas voir sa femme?

—Ça m'étonnerait, j'imagine qu'il n'aimerait pas. Elle veut me parler des cauchemars qu'a Léo. Il raconte des choses bizarres dans son sommeil.

—Combien tu vas la payer pour ça? demande-t-il, brusquement.

—Je ne sais pas... si vraiment elle m'apprend un truc important, ça peut lui valoir cent dollars.

—Hmm...

Il jette un bref regard autour et je sens qu'il aimerait parler, mais qu'il hésite. Alors j'envoie un léger coup d'accélérateur.

—Évidemment, je me fais peut-être des idées... Denise peut juste m'annoncer que cette femme que Lortie a trouvée morte était sa maîtresse. Pas de quoi m'exciter!

—C'est vrai... mais si j'te disais une chose vraiment importante sur Léo, tu paierais plus que cent piastres?

—Ben!... tout dépend de ce que c'est.

—Une chose que je suis le seul à connaître, ici, avec Léo bien sûr!

—Ah oui?

—Mais faudrait pas qu'on sache que ça vient de moi.

Je rigole doucement.

—Heille ! tu me prends pour un niochon ? On me l'a proposé souvent le coup du soi-disant *scoop* ! Je me suis fait avoir une fois, ça m'a suffit !

—Je peux te dire qu'avec ça, t'aurais de quoi faire plus qu'un article !

—Pourquoi, t'as une dent contre Lortie ?

—Pense ce que tu veux, j'ai jamais dit ça.

Je fais mine de réfléchir, mais j'ai hâte de savoir.

—Je ne vois pas ce que tu pourrais m'apprendre de si extraordinaire sur lui !... Cela dit, si c'était le cas, je pourrais aller jusqu'à deux cents dollars. Pas plus.

—Où et quand ?

—Chez moi... vers huit heures. L'argent sera dans la boîte aux lettres. Mon adresse est dans l'annuaire : Robert Malacci.

Il sourit, satisfait, et se penche vers moi en murmurant:

—Alors écoute ben ça : je sais pourquoi Léo fait des cauchemars. Son vrai nom, c'est Bélanger. Quand il était jeune, son frère a tué leurs parents devant lui à coups de couteau ! Un vraie famille de malades ! Qu'est-ce tu dis de ça, comme *scoop*, bonhomme ? Ça vaut bien deux cents piastres, hein ?

Je souris jaune, car je viens de mettre le pied sur une mine à retardement en avançant à tâtons ! Je n'ose pas trop réagir, de peur que ça m'explose en pleine face.

—Ouais !... je dois avouer que c'est pas banal !

—À ce soir, chez toi. Je veux du cash, bien sûr, pas de chèque !

Il quitte la cafétéria en sifflotant. Mes mains tremblent un peu quand j'allume une cigarette. Mon bluff suicidaire a fonctionné pour une fois, mais je me demande quelles choses affreuses je vais découvrir à propos de Léo et des siens. Pourquoi Sahara ne m'a jamais parlé de ça, bordel ? Je ne vois qu'une raison : elle n'en sait peut-être rien.

Au moment où je vais partir pour de bon, un autre flic s'approche de moi.

— Robert Malacci ?

— Oui.

— Le capitaine Di Sario vient d'appeler et on lui a dit que vous vouliez le voir. Il vous demande de l'attendre. Ce ne sera pas long.

Le type me conduit dans une pièce minuscule et me laisse seul. Je suis encore sous le coup de ce que ce Jo vient de m'apprendre et mes cellules grises carburent à fond de train. Rapidement, je sais quoi faire : j'appelle une bonne copine recherchiste, Annick. Cette fille est une super débrouillarde et, assez vite, j'ai ce que je voulais comme informations.

En raccrochant je me dis que, parfois, la vie peut ressembler à un roman en y repensant bien !

Chapitre 16

Quand Di Sario arrive, trente minutes plus tard, il a toujours cet air faussement martial qui me fait penser à celui que se donnent les militaires de carrière : tête droite et menton en avant. Ça doit mériter des points de promotion ! Je le suis dans son bureau dont il ferme la porte derrière lui. Aussitôt, il m'attaque de front.

— Je ne pensais pas vous revoir ! Que me voulez-vous ?

— D'abord que vous respiriez par le nez, calmement, ensuite je vous le dirai !

Il crispe les mâchoires et je m'attends presque à ce qu'il exige que je fasse cinquante pompes, puis il hoche la tête en déboutonnant sa vareuse qu'il jette sur une chaise.

— Vous êtes un p'tit baveux, d'après ce que j'ai appris sur vous !

— Oui, c'est naturel, mais à force de côtoyer la police on dirait que ça s'améliore.

Il s'assied dans son fauteuil et me fixe méchamment.

—Je n'aime pas les journalistes. Sous prétexte que le droit à l'information est sacré ce sont des emmerdeurs !

—Je sais, si on n'existait pas, ce serait plus facile pour vous. Vous pourriez éviter vos conférences de presse et la formule rituelle : « Pas de commentaire ! » J'imagine que ça doit être fatigant de toujours répéter la même chose.

—Bon, maintenant que vous avez fini votre numéro, si vous passiez à ce qui vous amène ? Mais n'oubliez pas qu'avec vos annonces, je peux toujours vous dénoncer au Conseil de presse !

—Ça serait stupide, car je déposerais aussitôt une plainte contre vous pour avoir permis une enquête criminelle à un simple patrouilleur.

Il ricane doucement.

—Ben voyons !... ça voudrait dire qu'il vous faudrait témoigner, avec toutes les conséquences que ça impliquerait pour votre avenir !

—Mon avenir est au point mort depuis longtemps, alors que le vôtre, non : vous pouvez au moins devenir commandant, sinon plus.... avant la retraite de préférence !

Il frappe du poing sur le bureau en se levant.

—Ça suffit !

—Bon, ça va... je vois que c'est le temps du *punch* final.

—Vous êtes malade ou quoi ?

—Léo... pourquoi lui avoir permis d'enquêter sur ces meurtres en série, est-ce parce que son frère en a commis d'aussi atroces sur leurs parents ?

Il marque le coup et se rassied lentement.

—Qui vous l'a dit ?... pas Léo, certainement. Cette fille, Castillo ?

—Non. Je doute même qu'elle soit au courant. Peu importe comment j'ai appris ça, ce qui m'intéresse c'est de savoir pourquoi vous avez pris ce risque avec Léo. Voyez-vous, capitaine, et vous me direz que je l'ai bien cherché, cette histoire a pris des allures inquiétantes pour ma santé. De chasseur amateur que j'étais envers le tueur, je suis maintenant le gibier qu'il recherche. Et comme ce n'est pas un deux de pique, il y a de fortes chances qu'il me trouve bientôt !

—Il a répondu à une de vos annonces ?

—Si on veut, mais pas comme je l'imaginais. De façon plus claire et radicale !

—Comment ?

—Je vous le dirai si vous répondez à ma question concernant Léo.

Il me fixe sans rien dire. Son téléphone sonne et il le décroche machinalement.

—Di Sario... oui, je sais... c'est plus long que je croyais... trouve une excuse pour moi, n'importe quoi... merci.

Il raccroche et, dans son regard, je peux comprendre que je représente un beau problème.

—Oui... tout ça remonte à pas mal loin. Autant tout vous dire, car je sais que vous finiriez par l'apprendre !

—J'en sais déjà pas mal. Le frère de Léo s'appelait Conrad et il a tué leurs parents, une nuit, dans un village de la Côte-Nord. Ça avait fait les manchettes !

—C'était en quatre-vingt. Moi, j'étais en poste à Sept-Îles à l'époque. C'est là que Conrad est venu se constituer prisonnier le lendemain des meurtres. Il était avec Léo, qui avait douze ans.

—Ah bon !... vous êtes de vieilles connaissances, alors, lui et vous ?

—Si on veut. Rapidement, Léo a été pris en charge par la DPJ avant d'être placé dans une famille d'accueil. Je l'ai retrouvé par hasard, il y a deux ans, quand j'ai été nommé au poste 33. C'est Léo qui s'est souvenu de moi en me voyant.

—Et son frère ?

—Il avait dix-sept ans à l'époque et on l'avait condamné à six ans de prison, mais il n'en a fait que trois. Léo ne l'a jamais revu depuis le carnage.

—Le carnage ?

—Oui, c'était un vrai massacre.

—Si je vous disais que vous m'en avez raconté pas mal, mais pas assez, vous comprendriez ?

Il approuve de la tête et se lève.

—Je vais vous faire lire quelque chose et vous en saurez un peu plus sur ce drame.

Il va ouvrir un coffre-fort et en sort un dossier. Il en tire deux ou trois feuilles qu'il me tend.

—Tenez, c'est la déposition de Léo lors de l'interrogatoire que je lui avais fait passer à Sept-Îles. Cette pièce fait partie du compte rendu du procès de son frère.

Il se rassied et me laisse lire la photocopie d'un document, tapé sur une machine à écrire :

<u>Sept-Iles, ce 17 juin 1980</u>
<u>- Une heure quatorze.</u>

DÉPOSITION DE LÉOPOLD BÉLANGER, DOUZE ANS, RECUEILLIE PAR LE SERGENT PASCAL DI SARIO.

<u>Question</u>: Comme ça tu voulais t'enfuir, avant ce qui est arrivé?

Réponse: Oui. J'en avais parlé à Nicolas qui devait m'aider.

Question: C'est qui, Nicolas?

Réponse: Mon chum. Il était battu comme moi, sauf que son père qu'est veuf ne peut plus le frapper maintenant. On lui a retiré la garde de Nicolas et c'est ses grands-parents qui s'en occupent. Ils habitent dans cette grande maison, qu'on appelle «Le château».

Question: Le château?

Réponse: Enfin, c'est pas un vrai château, mais une vieille école anglaise. Avec Nicolas on va souvent dans le grenier. Quand il a su que je voulais m'enfuir, il m'a proposé le grenier comme cachette. Son grand-père n'y va jamais, à cause de sa jambe en moins, et sa grand-mère non plus à cause de ses rhumatismes! Nicolas m'aurait apporté de quoi manger. En revenant de l'école, je pensais à tout ça. Je devais attendre minuit, puis courir jusqu'au «château». Nicolas m'attendrait pour m'ouvrir. Ensuite, je savais bien que la police me retrouverait mais j'aurais tout raconté. Notre mère aurait dit que je mentais et notre soeur aussi, car elles trouvaient ça normal.

Question: Quoi donc?

Réponse: Toutes leurs saletés! C'est Zoé avec qui Richard préférait faire ses cochonneries. N'importe où: dans la cuisine, une chambre, le couloir, même dans la cave!

Question: Et toi, il te laissait tranquille?

Réponse: Si on veut! La dernière fois qu'il m'a violé, c'était le jour de mes huit ans. «Tu vas y goûter, toé! c'est ta fête pas vrai?» qu'il m'avait dit. Depuis, il se contentait de me donner une raclée de temps en temps. C'est lui qui m'a ouvert le front cette nuit.

Question: Comment réagissait ta soeur, elle se débattait, j'imagine?

Réponse: Ben non! au contraire! «Zoé est une vraie salope! m'a dit une fois Conrad, est-ce que tu m'as entendu glousser d'même quand y m'plantait son maudit pénis?»

Question: Pourquoi est-ce que ton frère n'est jamais venu le dénoncer?

Réponse: Il avait pas confiance. Il a un dossier chez les beus... j'veux dire à la police!

Question: À cause de son histoire de drogue?

Réponse: C'était même pas d'la vraie drogue. Juste un joint!... pis not' mère aurait dit qu'il mentait lui aussi et Zoé, pareil!

Question: Ton père n'agressait plus ton frère, sexuellement?

Réponse: C'était pas notre père. Lui, on l'a jamais connu. Notre mère vivait avec Richard depuis longtemps. Pis Conrad, il est fort comme un cheval. Une fois, il a fait sauter une dent à Richard d'un coup de tête! Depuis, Richard dégrafait moins sa ceinture pour nous frapper, lui et moi!

Question: Pourquoi tu n'es pas parti, cette nuit, comme tu voulais le faire?

Réponse: J'attendais minuit. La mère et Zoé regardaient la télé. Conrad n'était pas rentré depuis la veille et il devait traîner quelque part au village. Richard vidait sa caisse de bières habituelle. Je l'entendais roter et péter en jurant. Dans ces moments-là, valait mieux que je m'enferme dans ma chambre en souhaitant qu'il n'arrive pas pour me battre... ou pour autre chose! Au douzième coup du clocher, je me suis levé en essayant de pas faire craquer le plancher. Par la fenêtre, j'ai lancé mon sac dans le jardin... mais j'ai hésité. J'ai pensé à Conrad et je me suis dit que j'aurais dû lui parler de mon évasion. C'est là que je l'ai vu arriver, près du poulailler. J'ai failli lui crier: «Conrad! je sacre mon camp, cette fois!»... mais j'ai rien dit.

Question: Pourquoi?

Réponse: Parce que j'ai compris qu'il m'entendrait pas. Il avait un air bizarre et il marchait comme un robot. J'ai pensé qu'il avait dû fumer un joint, ou qu'il avait pris une autre drogue, car il parlait tout haut!

Question: Il disait quoi?

Réponse: Maudit porc!... m'as te saigner, m'as t'vider les tripes, mon hostie!

Question: Et ça t'a fait peur, bien sûr?

Réponse: Non, pas vraiment. C'est le poignard qu'il avait qui m'a empêché de parler... alors je suis allé me recoucher.

Question: Mais tu devais te douter de ce que ton frère pouvait faire?

Réponse: Oui, peut-être... mais je me disais surtout que Nicolas risquait de m'attendre pour rien!

Question: Et ensuite, qu'est-il arrivé?

—L'agacer?

—C'est ça... le mettre hors de lui, idéalement.

—Ouais!... je me sens comme la chèvre de M. Seguin, attachée face au méchant loup!

—C'est ce que nous souhaitons, cher monsieur.

Sur le chemin du retour, après lui avoir fait part de ce qu'on m'a demandé, Sahara a reconnu que l'appât pouvait fonctionner.

—C'est exactement ce que Léo espérait avec son idée : forcer ainsi le tueur à se démasquer. Dupré et Dupéré l'ont laissé échapper une fois, mais ils font tout pour t'offrir en pâture, maintenant, avec cette annonce!

—J'avais compris ça, ma belle, mais j'ai pas envie d'attendre gentiment que ce dément se pointe chez moi avec sa lame!

—Tu comptes faire quoi?

—Pour l'instant, je ne sais pas trop... mais faudra vite que je trouve!

J'ai laissé Sahara et suis allé faire un tour au journal. Pouliot m'a accueilli avec sa gueule des mauvais jours.

—Salut, Malacci, rien de neuf?

—Non... et toi?

—Ton *chum* est venu tout à l'heure.

—Mon *chum*?

—Ce flic... Léo.

—Ah!... oui, il avait dit qu'il repasserait.

Je me demande ce que Léo me veut, mais tout ce que je peux imaginer, c'est que Denise l'a informé de notre dernière rencontre. Au pire, elle lui a dit que j'ai dérobé les photos dans le portefeuille.

—J'aime pas ça que des beus viennent te voir ici. Le boss non plus. À cause de ça, je me suis fait crier dans le casque!

—Désolé, Alfred, mais tu sais comment est Chalifoux avec tous les procès qu'on lui fait. Dès qu'il voit un flic, il pense qu'on vient mettre les scellés sur son bureau ! Léo m'a laissé un message?

—Oui, c'est dans ton casier.

Je vais y ramasser une enveloppe cachetée à mon nom, avec le message suivant: *Vingt heures chez S. Léo*. Sahara a dû recevoir le même. Je me dis que je les rejoindrai certainement ce soir, sauf imprévu, et l'imprévu me tombe dessus rapidement quand Pouliot me rejoint avec un sourire large comme sa braguette dézippée.

—Viens-t'en, y a une fille qu'on vient de trouver raide sur l'île Sainte-Hélène. Cette fois, ce tarla de Loiselle ne me doublera pas!

On file dans ma bagnole au lieudit, pour y trouver un attroupement de flics. Ça ne prend pas de temps que je repère les Dupont-Dupond. Ils sont accroupis sur une bâche et Dupré la tient soulevée, pendant que Dupéré prend des photos dessous. Une flaque de sang est imbibée dans la neige, près de la tête du cadavre. Une paire de skis de fond et deux bâtons dépassent de la toile.

—Bonjour, messieurs... Alfred Pouliot, d'*Écho-Matin*. Qu'est-ce qui se passe icitte? lance-t-il en montrant sa carte de presse.

Dupré laisse retomber la bâche et se redresse. Quand nos regards se croisent, il reste de marbre.

—Vous êtes des rapides! Qui vous a prévenus?

—J'ai un flair terrible pour l'odeur du sang ! répond Pouliot.

— Ce ne serait pas plutôt grâce à un mouchard ? rétorque Dupéré.

Pouliot se tourne vers moi en riant.

— Elle est bonne, pas vrai ?!

Je hausse les épaules en armant mon Leica, mais Dupéré m'arrête aussitôt.

— Pas de photos !

— On fait notre job ! gueule Pouliot.

— Ne confondez pas ceux qui font leur travail proprement avec les acariens ! lui rétorque Dupré.

— Les quoi ?

— Les acariens, ces bestioles qui se nourrissent des déchets du corps humain !

— Et alors ? faut bien que tout le monde bouffe !

— Laisse tomber, Alfred, j'interviens, contente-toi d'un rapport verbal.

— OK, OK... c'est quoi qu'y a là-dessous ?

— Une femme.

— On peut savoir qui ?

— On ne sait pas encore.

— J'espère que vous nous cachez pas une pute qui vous a claqué entre les cuisses ? ricane Pouliot.

La réponse lui arrive sous la forme d'un direct que Dupéré lui envoie dans les gencives. Pouliot trébuche et crache un peu de sang.

— Sacrament ! Ça va te coûter cher, mon hostie !

— Vous parlez de quoi, cher monsieur ? lui demande Dupré.

— Il m'a fessé, ce maudit chien ! beugle Pouliot. T'es témoin, Malacci !

— Parfois ça remet les neurones en place, Alfred ! Partons !

Pendant qu'on s'éloigne, Dupré s'accroupit pour reprendre l'examen du corps. Dupéré se baisse également pour continuer ses photos. Le poing qu'il a balancé à Pouliot, c'est ce que j'ai souvent souhaité lui flanquer quand il vomit ses propos racistes, sexistes, haineux ou cons comme c'est pas permis ! C'est la meilleure chose à laquelle j'ai assisté depuis que je travaille pour *Écho-Matin* avec cet *acarien* de Pouliot.

CHAPITRE 23

Jusqu'au soir on n'a rien fait de spécial, à part suivre une manif d'homosexuels pour une meilleure protection policière dans le quartier gai. J'ai dû subir les farces plates de Pouliot plus d'une fois, mais il n'a pas osé faire l'entrevue avec l'instigateur du mouvement, un culturiste qui aurait pu le démolir au moindre sous-entendu graveleux.

Un peu avant huit heures, j'arrive chez Sahara. Je lui parle de la femme assassinée à l'île Sainte-Hélène, de la présence de Dupré et Dupéré sur les lieux et de la beigne prise par Pouliot.

—Tu as vu le cadavre? demande Sahara.

—Non, je n'ai pas pu faire de photos.

—Si c'est l'assassin auquel on pense, on dirait qu'il accélère ses crimes pour conclure sa charade macabre. En comptant le meurtre de Pascale Dubuc, on arriverait à six. J'en saurai plus demain, certainement.

—Si c'est notre homme, pourquoi cette précipitation?

—Probablement à cause de tes annonces. Je veux dire à cause des annonces de « Blanche-Neige ».

—Ouais... et Léo, qu'est-ce qu'il nous veut, tu crois ? Denise l'aurait-elle mis au courant de ma visite et de ce que je sais sur son frère ?

—Aucune idée.

On ne tarde pas à l'apprendre, car Léo se pointe peu après. À en juger par le regard qu'il nous lance, je devine que Denise lui a dévoilé pas mal de choses. Il s'adresse tout de suite à moi.

—Pourquoi t'as pris ces photos ?

—Je voulais voir à quoi pouvait ressembler ton frère.

—Qu'est-ce que ça peut te faire ?

—Robert a montré cette photo à une amie voyante, lui dit Sahara.

—Une voyante... tu parles d'une *joke* ! ricane Léo.

—Pourquoi tu ne m'as jamais dit ce qui s'était passé à Cascades ? demande Sahara.

Léo va s'asseoir et il semble avoir du plomb sur les épaules.

—J'ai jamais eu envie de le raconter à personne... et à toi encore moins... tu n'aurais sûrement pas voulu faire équipe avec moi, pas vrai ?

Sahara le rejoint et lui prend doucement la main.

—C'est faux, Léo, tu me connais mal... si j'avais su ce qui était arrivé dans ta famille, j'aurais accepté plutôt deux fois qu'une de travailler avec toi. J'aurais encore mieux compris pourquoi tu t'intéressais tant à ce tueur !

Léo hoche la tête.

—Ouais !... c'est possible... mais j'ai eu peur... c'est normal, non ?

—Je comprends, mais si un jour tu veux me parler de ça, n'hésite pas. Crois-moi, ça ne changera rien à l'opinion que j'ai de toi : celle d'un homme intègre et d'un policier compétent, comme j'aimerais qu'il y en ait plus aujourd'hui dans la police.

Léo inspire un grand coup et, en exhalant, on peut voir que tout son corps se détend. Quand il recommence à parler, contrairement à ce que je m'attendais, ce n'est pas d'un ton serein qu'il s'exprime mais d'une voix paraissant provenir du fin fond des abysses.

— Quand Conrad est entré, je me doutais bien de ce qu'il voulait faire, mais je ne savais pas ce qui l'avait décidé subitement cette nuit-là. « Mon hostie de chien sale ! je vais la couper ta maudite queue ! » a hurlé Conrad. «Tu t'es *shooté* une marde pour être gelé de même ? » a ricané Richard, qui était soûl. J'ai entendu ma mère et Zoé qui arrivaient dans la cuisine et je suis sorti de ma chambre... du haut de l'escalier, j'ai tout vu... Zoé a sauté sur le dos de Conrad et maman a voulu attraper la main qui tenait le couteau, mais la lame a atteint sa gorge... elle a poussé un drôle de cri en tombant... Richard a foncé sur Conrad en brisant une bouteille de bière... on aurait dit un jeu : Richard qui tentait d'atteindre Conrad, Conrad qui voulait le poignarder et Zoé qui s'agrippait à lui en hurlant... ma mère était à genoux et elle se tenait la gorge, d'où pissait le sang... Richard semblait trouver ça drôle et faisait des moulinets avec son tesson de bouteille. Il riait comme un débile quand la lame de Conrad est entrée dans son ventre... ils ont roulé à terre, toujours avec Zoé dans le tas... Richard n'avait pas l'air de sentir la douleur et il tentait d'étrangler Conrad... Quand

Zoé est allée ramasser le tesson de bouteille, j'ai couru pour essayer d'aider Conrad... Zoé m'a foncé dessus et c'est de là que vient ma cicatrice sur le front... j'ai quand même pu la retenir un peu, jusqu'à ce que Conrad se libère et l'envoie contre un mur... Richard, le poignard dans les tripes, ricanait toujours... Conrad a foncé sur lui pour arracher la lame de son ventre et lui trancher la gorge... ensuite... il lui a coupé le sexe et l'a enfoncé dans sa bouche de toutes ses forces... En voyant ça, je me suis vidé de partout en m'évanouissant... Quand je me suis réveillé, ma mère et Richard étaient morts... Zoé avait pu s'enfuir... et il y avait du sang partout.

Sahara et moi n'avons pas dit un mot durant ce récit épouvantable. De nous deux, je suis sûr que c'est moi qui ai trouvé ça le plus dur. J'ai beau avoir vu pas mal d'horreurs, depuis que je travaille pour *Écho-Matin*, une scène comme celle que vient de raconter Léo dépasse de loin tout ce que j'ai pu encaisser jusque-là.

Il me regarde, conscient de l'effet qu'a produit sur moi son histoire, car j'ai une cigarette toujours éteinte au bec.

—Voilà, Malacci, plus besoin d'aller chez ta voyante. Elle n'aurait plus grand-chose à « voir », maintenant, à mon sujet ! raille-t-il.

—Tu peux bien te moquer, mais Solange a vraiment un don. J'ai pu le constater. Selon elle, ton frère vivrait dans une sorte de secte. Qu'en penses-tu ?

Il se lève, perplexe, et ne se moque plus.

—Qu'est-ce qu'elle t'a dit d'autre, cette sorcière ?

—Que ta sœur était plus que cinglée, un vrai danger!

—Robert est allé voir Solange, car il a deux enquêteurs qui ne le lâchent plus. Ils ont découvert que c'était lui qui publiait les annonces de « Blanche-Neige ». Ils l'obligent à en passer une autre bientôt.

—Ah!... pourquoi ils font ça?

—Emmanuelle Lachance, la fiancée d'un de ces policiers, fait partie de la liste des victimes du psychopathe. C'est celle qui avait « Le Prof » tracé sur son ventre. Raconte-lui tout, Robert.

Ce que j'ai fait, mais Léo n'a pas trouvé si étrange que les Dupont-Dupond me manipulent comme ils le font.

—Ils veulent sûrement la peau de ce type, conclut-il.

—C'est aussi notre avis.

Léo esquisse un sourire.

—C'était mon plan, ça, faire que ce type se découvre grâce à nos annonces!

—C'est vrai... mais maintenant, ça risque de me retomber dessus!

—Pourquoi ça?

—Le tueur a pris quelqu'un pour moi et l'a zigouillé, l'autre nuit.

—Je ne comprends pas!

Je lui raconte ce qui concerne le nom de Mario Barbaroux, comme client aux journaux, le message inquiétant de Lame et la mort de Lesage qui habitait malheureusement à l'ancienne adresse de Mario.

Léo m'a écouté sans m'interrompre.

—Est-ce que ces flics savent que Sahara et moi étions dans le coup avec toi ?

—Non, jusqu'à maintenant ils pensent que j'ai agi seul.

—Robert a su nous garder en dehors, mentionne Sahara.

—Bon... ce Lame, faudrait le trouver avant eux... en attendant, Malacci, rends-moi mes photos.

Ce que je fais aussitôt. Léo les regarde rapidement avant de les empocher.

—Tu connaissais cette fille, sur la photo, avec Zoé ? je demande.

Léo hausse les épaules.

—Non, pas vraiment.

—D'après ce que j'ai appris, elle s'appelait Valérie Pintal et vivait à Cascades, fait Sahara.

—C'est vrai... je me souviens des Pintal. Le père était menuisier.

—Je pensais qu'elle savait peut-être ce qu'était devenue Zoé, je lui fais remarquer.

—Ça m'étonnerait... Valérie a quitté le Québec, je crois bien.

—Comment tu l'as su, tu l'as revue ? s'étonne Sahara.

—Oui... une fois, par hasard à Montréal... elle devait se marier... elle comptait vivre ailleurs, j'sais plus où.

—Vous aviez parlé de Conrad ?

—Non, bien sûr que non !... ils ne se fréquentaient pas... Conrad ne s'intéressait pas aux filles, de toute façon. Jamais il ne m'avait parlé d'une petite amie !

Ça m'étonne, car ce n'est pas ce que Solange pensait. Je remarque que Sahara me lance un regard intrigué. Elle se souvient aussi de ce que

Solange m'a dit à propos de cet amour de jeunesse de Conrad.

—J'aurais bien aimé savoir comment ta sœur a fait pour éviter la lame de Conrad cette nuit-là ! je demande.

Léo grimace en haussant les épaules.

—Pourquoi ?

—Le tueur sait où trouver Robert, maintenant, dit Sahara. Comme il se sert d'un couteau, lui aussi, Robert a de quoi être inquiet !

—Ouais !... le mieux ce sera de partir en courant si tu tombes sur ce malade, Malacci !

—J'imagine, sauf que j'aurai fait dans mon froc avant... et je cours mal ensuite !

—C'est pourtant comme ça que Zoé a pu rester en vie : en courant.

Ensuite, Sahara et Léo ont fait le point sur les derniers événements et ils ont conclu une seule chose : le tueur poursuit, depuis le début et pour une raison toujours inconnue, un plan vicieux consistant à mutiler ses victimes et à écrire sur elles les noms des nains de Blanche-Neige. Pour le reste, Sahara et Léo ne sont pas plus avancés qu'avant. Les Dupont-Dupond, eux, ont une longueur d'avance. Ils ont réussi à ce que le tueur se manifeste de façon radicale, en éliminant quelqu'un qu'il avait pris pour moi.

Vers minuit, je rentre finalement chez moi. Je ne remarque rien de louche dans la rue. En entrant, je marche sur une grande enveloppe, non timbrée, qui porte mon nom. Je l'ouvre, pour y découvrir un mot accroché par un trombone à une feuille :

Monsieur Malacci,

Voici ce que le facteur m'a livré aujourd'hui. Comme vous le savez, le courrier de votre ami Mario est maintenant envoyé à mon domicile. L'adresse indiquait: Robert Malacci chez Mario Barbaroux. Vous constaterez que notre homme compte faire avec vous ce que nous pensions. Demain les journaux dévoileront que Sylvie Dubois, trouvée aujourd'hui sur l'île Sainte-Hélène, a subi les mêmes sortes de mutilations que les victimes précédentes et qu'elle a été marquée « Le Dormeur ». Ce qui conclurait, en principe, la liste des sept nains que le tueur a commencée il y a deux ans.

RD.

Le mot qui accompagne celui-ci est écrit à la main sur du papier perforé d'un côté, comme celui qu'utilisent les écoliers.

> *Malacci, j'ai jamais cru que t'éte celui que tu disai que t'éte. Va falloir me dire à quoi tu jous quand on se vèra.*
> *LAME*

J'allume une gitane, que j'espère ne pas être la dernière, et je me sers une rasade de vodka pour mieux digérer ce message. Je vais jeter un œil à la fenêtre de la cuisine, mais à part la neige qui tombe, je ne vois rien d'inquiétant, ou de rassurant, dans ma ruelle. J'ai réussi à m'endormir, mais seulement après avoir placé ma table et deux chaises contre la porte. Je ne crains pas qu'on puisse passer par une des deux fenêtres, vu que je ne suis plus capable de les ouvrir à partir de moins quinze degrés : trop gelées. La seule façon d'aérer est d'ouvrir grand la porte, mais je crois que je serais capable de respirer le même air vicié pendant des mois. À choisir, j'aime encore mieux crever d'une surdose de CO_2 plutôt que d'un coup de couteau. Je hais ces engins depuis que je suis tombé sur celui qu'essuyait mon père, quand j'étais gamin. La cicatrice sous mon menton vient de là et ça avait pissé de partout : d'où ma trouille pour tout ce qui coupe, perce ou écorche. Je n'aurais jamais pu devenir boucher, comme mon oncle Serge !

Chapitre 24

Au matin, je suis encore réveillé par le téléphone et je commence à en avoir marre.

—Ouais !... c'est qui ?

—Sahara. Denise vient de m'appeler. Léo a passé une partie de la nuit à travailler à leur ordinateur. Ce matin, il semblait perturbé en s'en allant. Il est parti sans dire au revoir.

—Tu me réveilles juste pour ça ?

—Non, Di Sario vient d'appeler chez eux. Léo devait être au poste à sept heures, mais il n'y est pas. Il sera bientôt huit heures et il n'a jamais été en retard.

—Ah bon !... as-tu lu les journaux ?

—Pas encore, pourquoi ?

—J'ai trouvé un mot de Dupré en rentrant, hier soir. Aujourd'hui, on devait publier des détails sinistres : ceux du crime de cette femme sur l'île Sainte-Hélène. Devine ce qu'il y avait de marqué sur son ventre ?

Sahara reste muette quelques secondes, avant de répondre.

—Le Dormeur !

—Exact. Léo a du l'apprendre ce matin dans la presse.

—*Shit !* Notre malade a complété la liste des sept nains !

—On dirait... je vais aller voir Denise.

—Pourquoi ? !

—J'aimerais savoir ce que Léo faisait à l'ordinateur, cette nuit.

—Ça m'étonnerait qu'elle veuille te le dire, après le coup que tu lui as fait.

—On verra bien. Je te tiendrai au courant.

Le temps d'avaler un café de la veille réchauffé et je file.

Denise m'ouvre vite quand je sonne et elle a l'air inquiet. Avant qu'elle dise un mot, je la devance.

—Bonjour. Oui, j'étais venu pour ces photos l'autre fois et je vous dirai pourquoi. Non, je ne sais pas où est Léo, mais vous pouvez peut-être m'aider à l'apprendre.

Quand même méfiante, elle me laisse entrer. J'avance pour aller vers l'ordinateur qui est allumé.

—Qu'est-ce que vous êtes venu essayer de voler, cette fois ?

—Voler, rien, mais Sahara m'a dit que Léo avait passé la nuit à l'ordinateur. Avez-vous idée pourquoi ?

Elle hoche la tête en saisissant la souris, pour aller pointer sur l'écran un dossier portant l'identification « LEO ».

—J'imagine qu'il a été dans son fichu dossier... je n'ai jamais su ce qu'il y avait dedans. Les fichiers sont protégés par un mot de passe.

—Ah !... il a peut-être consulté une information qui m'aiderait en ce moment.

—Laquelle ?

—Sur une certaine Valérie Pintal, qui habitait Cascades en même temps que la famille Bélanger.

Denise ne réagit pas et attend que je poursuive.

—Cette fille avait à peu près l'âge de Zoé et j'aimerais la retrouver.

—Pourquoi ?

—Disons que j'essaye de recoller les morceaux d'un puzzle dont Valérie est peut-être un des éléments.

—Qu'est-ce qui vous fait croire ça ?

—À cause de ce qu'une amie voyante m'a dit au sujet de Conrad, quand il était jeune.

Denise sourit, sarcastique.

—Une voyante ! Ensuite, ce sera quoi : un sacrifice vaudou ?

—Qui sait !... vous permettez ?

Je clique sur le dossier « LEO » pour voir apparaître trois icônes, sur l'écran, qui portent chacune un point d'interrogation ombré et une lettre : X, Y et Z.

—Vous n'avez jamais tenté de les ouvrir ?

Elle sourit, l'air songeur.

—Une seule fois... mais autant chercher une aiguille dans une botte de foin.

—Bon... j'aimerais essayer, je peux ?

Elle me jette un regard torve.

—Pourquoi je dirais oui ?

—Je n'en sais rien... peut-être parce que vous êtes inquiète et que vous voulez savoir où est Léo en ce moment. Peut-être parce qu'il a noté des choses importantes sur son passé, qu'il ne vous a jamais dévoilées. Peut-être parce que vous aimeriez apprendre s'il sait où se trouve son frère... peut-être parce que nous sommes aussi paumés l'un que l'autre depuis qu'il a commencé d'enquêter sur ces meurtres.

Denise hoche la tête, hésitante.

—Bien, allez-y... mais si vous détraquez quoi que ce soit, Léo sera furieux et moi aussi !

—Pas de danger. Ça ne risque pas d'exploser.

Je m'assieds face à l'écran et j'entre le mot de passe le plus banal sur le fichier X : Léo, en lettres minuscules puis en majuscules, sans résultat.

—Ouais ! ça m'aurait étonné que ce soit si facile.

Je sors la liste des sept nains que j'ai pris soin d'amener : Atchoum-Joyeux-Grincheux-Le Prof-Simplet-Timide-Le Dormeur. J'entre ces noms, l'un après l'autre, mais aucun ne correspond au code secret de Léo. Je les tente encore sous diverses formes, puis en les regroupant tous : rien. Denise prend la liste et la parcourt.

—Tiens, c'est bizarre !

—Quoi donc ?

—Ces noms... ils me font penser à ce que Léo peut marmonner, quand il dort.

—Vous l'avez entendu dire un de ceux-là ?

—Non, mais un matin, je me souviens qu'il disait Blanche-Neige alors que j'allais le réveiller.

Je tape Blanche-Neige comme mot de passe, mais il n'ouvre aucun des fichiers. Je fais d'autres tentatives avec ce nom et diverses polices d'écriture : résultat identique. Denise va chercher quelque chose et revient.

— J'ai trouvé Léo avec ça, parfois, quand il utilisait l'ordinateur. Je ne lui ai jamais demandé à quoi ce livre pouvait lui servir.

J'ouvre le bouquin, *Dictionnaire des personnages*, pour constater qu'il contient les noms de divers personnages de fiction tels qu'on les trouve dans des œuvres romancées, théâtrales ou d'opéras. Je feuillette les quelque mille pages, au hasard, pour finalement aller à Blanche-Neige et à l'historique du conte des frères Grimm. Je ne vois pas pourquoi Léo aurait eu besoin d'avoir ce bouquin pour travailler sur ses dossiers, à moins d'avoir un mot de passe difficile à retenir mais qu'il savait toujours où retrouver. Or, entre parenthèses, à côté du mot Blanche-Neige il y a son nom allemand d'origine : Schneewittchen. J'entre ce nom comme mot de passe sur le fichier X... c'est le bon ! Aussitôt le contenu du dossier apparaît.

— Bingo ! je m'exclame.

— Câline ! fait Denise, estomaquée.

Rapidement je parcours ce fichier. Il concerne les postes de police dans lesquels Léo a séjourné, avec les noms de ses collègues, leurs dates d'anniversaires et autres détails du genre. Le fichier Y s'ouvre avec le même mot de passe et c'est ce que je cherchais. Léo y a listé des adresses. Je demande de trouver « Valérie », puis « Pintal », mais rien n'apparaît. Je me tourne vers Denise.

— Je continue ?

— Comment ça ?

Je pointe le marqueur de la souris sur le troisième dossier : Z .

—Je n'y tiens pas, fait Denise, vous avez eu votre réponse. Cette Valérie que vous cherchez n'était pas dans son fichier d'adresses.

—Oui, mais j'aimerais quand même savoir ce que contient celui-là. Au cas où!

—Bon... mais faites vite alors!

J'ouvre ce fichier et j'y trouve une date et un texte.

3 janvier 1984

Je me souviens de la fois où on a dû disséquer l'œil d'un bœuf. C'était un gros œil noir et j'ai eu la nausée en le voyant, mais quand on a voulu le percer, l'œil a glissé et je l'ai rattrapé de justesse avant qu'il tombe. Son contact m'a procuré un drôle de feeling. *Durant quelques secondes j'ai fait rouler cet œil entre mes doigts. « Alors, tu le ramènes ou quoi ce mauzus d'œil ! » qu'on m'a demandé. Presque à regret, je l'ai remis sur le plateau et une fille a tenté de le crever en riant bêtement. Sans résultat. «Tu t'y prends mal, passe-moi le scalpel ! » j'ai demandé. D'un seul coup j'ai ouvert l'œil. Un liquide gluant m'a inondé les doigts et j'ai décollé la cornée pour arriver jusqu'à l'iris, puis au cristallin. Les autres me regardaient faire, étonnés de mon adresse. Ensuite je me suis lavé les mains. Ma seule maladresse a été une coupure au pouce. À l'avenir, je m'étais promis de toujours mettre des gants de caoutchouc. Je m'en souviens très bien de cet œil noir qui m'avait comme hypnotisé!*

Le fichier contient encore certainement autre chose, mais j'hésite à poursuivre. Je regarde Denise qui est devenue blême.

— Assez ! dit-elle, fermez ça.

Mes doigts pianotent sur la souris.

— Je comprends que ça vous ait surprise, mais j'aimerais...

— Non et non, ça suffit ! Je n'aurais jamais dû vous écouter. Vous arrivez avec une histoire à dormir debout, en ayant comme prétexte qu'une voyante vous a parlé de Conrad ! Vous vous fichez bien de l'endroit où peut être Léo. Vous essayez juste de remuer de la boue, pour y trouver matière d'article à sensation ! Vous êtes un de ces vautours de journaliste que je déteste. Fichez-moi le camp !

Je ne vais quand même pas l'assommer pour continuer à lire ce dernier fichier, mais je paierais cher pour en connaître la suite !

— OK... comme vous voulez.

Je verrouille tout avec le code voulu et je me lève. C'est alors seulement que je remarque un journal qui dépasse de la corbeille, près du bureau. C'est le *Journal de Montréal*. Je le prends et l'ouvre.

— Vous le recevez chaque jour ?

— Oui, et alors ?

— Est-ce que Léo l'a lu, ce matin ?

— Ça se peut bien.

— Et vous ?

— Qu'est-ce que ça peut vous foutre, bon sang ?

Je cherche l'article qui doit mentionner le meurtre de Sylvie Dubois et je le trouve rapidement. Je le mets sous les yeux de Denise.

— C'est peut-être à cause de ça que Léo est parti sans vous faire la bise, tout à l'heure !

Elle parcourt le texte et je vois que ses mains tremblent un peu.

—Allez-vous-en... Vous allez finir par me rendre malade !

—D'accord, mais si vous m'avez trouvé un peu trop curieux, c'est parce que j'ai une bonne raison. Ce tueur sait où me trouver et il va essayer d'avoir ma peau.

Elle se dirige vers la porte d'entrée qu'elle ouvre grande.

—J'ai déjà assez d'inquiétude, depuis que Léo s'est mis à enquêter sur ce malade, sans que vous ayez à me parler de vos problèmes avec lui.

En passant devant elle, je lâche :

—Je suis à *Écho-Matin*, au cas où vous voudriez me joindre au sujet de Léo.

—SORTEZ !

Chapitre 25

À *Écho-Matin*, Pouliot a pogné les nerfs. Les Dupont-Dupond sont passés et ont demandé où j'étais. Gonzague Chalifoux commence à se poser des questions à mon sujet. Il veut me voir au plus sacrant, mais j'estime qu'il peut attendre. Pouliot me montre l'article concernant la découverte du corps de Sylvie Dubois, dans le *Journal de Montréal*.

—Tabarnak ! c'est le cadavre qu'était à l'île Sainte-Hélène, Malacci ! Ces deux pingouins de beus nous ont rien dit des mutilations et de la signature !

—Faut croire qu'ils n'ont pas apprécié ton genre d'humour.

—Les maudits ! Pourquoi est-ce qu'ils te cherchent ?

—Ma lotion après rasage a dû les impressionner.

—Va chez le diable !

La téléphoniste m'indique que j'ai un appel sur la deux.

—Allô !

—Malacci ?

—Oui.

—C'est Denise.

Je suis surpris qu'elle m'appelle si vite, après notre algarade de tantôt.

—Déjà du nouveau?

—Oui... à cause de vous.

—Comment ça?

—Je n'ai pas pu résister, je suis retournée dans ce fichier Z... Léo est sur une piste.

—Laquelle?

—La prochaine victime, on dirait!

—Comment est-ce qu'il peut s'en douter?

—Il explique comment... mais, si c'est vrai, j'ai peur de ce qui pourrait lui arriver!

—Bougez pas, j'arrive.

Malgré l'insistance de Pouliot pour que j'aille chez le boss, je repars chez Denise. Je n'ai pas besoin de sonner qu'elle m'ouvre aussitôt. On se dirige vers l'ordinateur qui est resté allumé. Sur l'écran il y a d'indiqué : L'ENQUÊTE. Suit un récapitulatif des événements qui ont mené Léo à contacter Sahara et leur entourloupe auprès de Di Sario. Les dates des meurtres et les noms des victimes sont indiqués depuis la première : Anne Labelle, puis Viviane Pinchaud, Emmanuelle Lachance, Renée Lahaie et Louise Durand, avec les noms marqués sur leurs ventres : Joyeux-Atchoum-Le Prof-Simplet-Timide.

Mais ce qui est nouveau pour moi, c'est l'explication de Léo qui justifie son intérêt pour ces meurtres, et ce depuis la deuxième victime, Viviane Pinchaud...

Il y avait déjà eu ce meurtre d'Anne Labelle qui m'avait intrigué, mais pas seulement parce que c'était une boucherie : il y a tellement de cinglés en ville! Non, c'était plutôt à cause de ce nom sur son ventre: Joyeux. J'avais cru que l'assassin voulait envoyer l'enquête sur une fausse piste, jusqu'à ce que je découvre le cadavre de Viviane Pinchaud. Pauvre fille, quel carnage, elle aussi! Un sein coupé, la gorge tranchée et sa culotte enfoncée dans la gorge. Je ne pouvais pas imaginer quelle sorte de bête humaine pouvait faire une chose pareille. De sang-froid, en plus, comme le prouvait le sexe rasé sur place avec tous ces poils éparpillés autour du corps. J'étais resté longtemps figé avant d'alerter le poste. Le nom Atchoum tracé en lettres rouges sur le ventre m'hypnotisait. Pourquoi ? Je ne savais pas. Mes yeux allaient de ce nom au sexe rasé, puis à la gorge ouverte, pour s'arrêter sur cette culotte. Quand j'ai commencé à trembler, en sueur, j'ai réalisé soudain ce que ce spectacle horrible me rappelait : le châtiment que Conrad avait appliqué à Richard, en lui coupant le sexe et en l'enfonçant dans sa gorge. J'ai pensé alors que Conrad pouvait être l'assassin de ces deux femmes, qu'il venait de se manifester à moi en sachant que je reconnaîtrais sa signature. Mais non, Conrad n'était pas un danger public. Les examens psychiatriques l'avaient prouvé. L'enfant de chienne qui signait ses meurtres de la sorte m'avait replongé des années en arrière, par la ressemblance avec la mort de Richard. Dès lors mon idée était faite. Il fallait que je trouve ce désaxé. Pas seulement parce qu'il méritait qu'on l'enferme, mais parce qu'il venait de réveiller chez moi un souvenir morbide relié à mon frère... et qui sait si la police ne ferait pas le même lien, entre ce tueur et Conrad, même si rien de précis ne le prouvait.

Depuis, j'ai appris que Joyeux et Atchoum étaient deux des sept nains du film Blanche-Neige. Possible, mais le nom de Blanche-Neige me ramène encore plus vers Conrad! Je souhaite seulement ne pas me tromper en disant qu'il n'a rien à voir avec ces meurtres!

La suite concerne les tentatives de Léo, après avoir obtenu l'autorisation de Di Sario, pour établir des pistes pouvant le mener au tueur: rencontres avec les familles des victimes sous des prétextes, etc. Le tout entrecoupé de remarques de Léo:

Ce fils de pute a encore frappé: Le Prof! Je n'avance pas dans mes recherches. Pas très doué, sûrement, et il me faudrait de l'aide. Di Sario refuse. Il ne tient pas à ce qu'on apprenne ce que je fais en dehors de mes heures de patrouille. L'enquête de la CUM n'avance pas plus que la mienne.

Denise trouve que j'ai un sale caractère depuis quelques semaines. C'est certainement parce que je n'arrête pas de croire que ce tueur ira jusqu'au bout de la liste des sept nains et que personne ne pourra l'arrêter. Pas moi, comme je suis parti!

Une autre victime, marquée Simplet. Je crois que je vais abandonner mon « enquête », qui n'a jamais décollé, hélas!

Ensuite, Léo n'a plus indiqué grand-chose. Il a juste mentionné que Sahara avait décidé de poursuivre les recherches avec lui. J'étais mentionné comme un *joker* de dernière heure, ou presque.

Ce Malacci, que Sahara connaît, devrait faire l'affaire mais j'espérais quelqu'un de mieux pour mon plan dans les « Courriers du cœur ». C'est le genre de grande gueule que je n'aime pas mais, bon... c'est mieux que rien!

Denise ne relève pas, en lisant ça avec moi, mais je suis sûr qu'elle doit penser la même chose que Léo. Quelques mots viennent après faire mention du meurtre de Louise Durand.

Avec Timide marqué sur cette Louise Durand, le tueur progresse dans la liste des sept nains. Nos annonces n'ont rien donné de valable comme réponses. Sahara n'est pas plus avancée que je l'étais.

Et puis, en grosses lettres:

LEURS NOMS ! CE SERAI LEURS NOMS PEUT ETRE! SI C'EST ÇA. ELLE EST EN DANGER! SAHARA POURRAI M'AIDER. MALACCI NON, IL EST BRULÉ.

Je remarque que, dans ce dernier passage, Léo n'a pas pris la peine de corriger l'orthographe. Il a probablement écrit ça dans la nuit, ou ce matin, avant de partir précipitamment. Le reste du fichier est vide.

—Ouais ! il semble avoir mis le doigt sur quelque chose, mais quoi ? je demande.

—Sa piste serait les noms de ces pauvres femmes !

—On dirait... mais je ne vois pas ce qu'il a bien pu en déduire... Je peux téléphoner?

J'appelle Sahara chez elle.

—Allô?

—C'est Robert, je suis chez Denise où on vient de découvrir un truc qui semble important.

—Quoi donc?

—Léo saurait qui va être la prochaine cible du tueur. Il doit essayer d'arriver avant lui.

—Quoi?!

—Il se pourrait qu'il te demande de l'aide, si ce n'est déjà fait!

—Pas du tout! mais comment vous savez tout ça?

—T'expliquerai. Avant j'aimerais savoir deux trucs. La fille de l'île Sainte-Hélène, hier, Sylvie Dubois, peux-tu avoir le contenu du rapport de police et puis aussi le résultat de l'autopsie de Pascale Dubuc, celle qui avait «Grincheux» marqué sur le ventre?

—Oui, je pourrais y arriver, mais pas pour tout de suite.

—Fais pour le mieux. Je t'appellerai chez toi, ce soir. Ciao, ma belle.

Je raccroche et m'adresse à Denise.

—Léo n'a pas contacté Sahara. Si jamais vous voulez me joindre et que je ne suis pas au journal, laissez un message sur mon Pagette.

Je lui marque le numéro sur un bout de papier.

—Et... c'est tout? fait Denise.

—Que faire d'autre? De deux choses l'une: ou Léo est sur une fausse piste et il n'y a pas de raison de s'inquiéter, ou il est avec cette femme à laquelle il pensait.

—Ajoutez-en une troisième : l'assassin les trouve ensemble et les tue !

—Hmm... oui, sauf que Léo est quand même armé ! je dis pour la rassurer.

Denise secoue la tête et ses yeux s'embuent un peu.

—Il ne l'est plus. Il est parti en laissant son arme ici !... je n'ai pas osé le dire à Di Sario. Son cas pourrait s'aggraver, sinon... Pourquoi agit-il de la sorte, vous le savez ?

—Non... aucune idée. Il faut que j'y aille, maintenant. Tenez-moi au courant si jamais vous obtenez des nouvelles de lui.

Chapitre 26

Je retrouve Pouliot au journal et je ne coupe pas à son engueulade.

—Mon hostie de fantasse, où c'que t'étais passé encore, calvâsse!

—C'est personnel.

—Oublie pas que j'te tiens avec tes annonces de «Blanche-Neige»!

—Je sais, mais je n'essaye pas de te doubler Alfred. Fais-moi confiance.

—Même pas pour cinq cennes! Va chez Gonzague et vite!

Je monte au bureau de Chalifoux où Georgette me reçoit avec sa face de carême et son ton habituel.

—Je peux faire quelque chose?

—Gonzague voulait me voir.

—Monsieur Chalifoux est en conférence téléphonique.

—Alors je le verrai au prochain Jour de l'An. Salut.

—Attendez... il vient de raccrocher.

Je me marre en douce, car c'est toujours pareil avec Georgette. Elle n'a pas d'autres arguments pour refuser l'accès immédiat au *boss*. Le prétexte de la conférence téléphonique est celui qu'elle a adopté une fois pour toutes. Ça doit lui donner l'impression de travailler au *New York Times*. Dix secondes après, je suis devant Chalifoux. Il ne s'arrange pas avec l'âge. Les poches sous ses yeux ressemblent à des trampolines et son teint rosacé laisse augurer une cirrhose foudroyante. Comme il fume toujours ses bâtons de chaise cubains, l'atmosphère ressemble à un effet spécial cinématographique, style débarquement de commando par brume épaisse ou fumigènes avant l'assaut d'un bunker.

—Alors, Malacci, c'est quoi, ces drôles de visiteurs que t'as ? qu'il me lance.

—Vous parlez de ceux qui sont venus pour moi tout à l'heure ?

—Eux et les deux autres avant ! C'est quoi, ton problème ?

—Aucun. La police a besoin de moi pour une enquête.

—Ah bon !... quelle enquête ?

—Trouver celui qui assassine des femmes, à Montréal, depuis un bout de temps.

—Et comment tu pourrais aider la police ?

—J'ai un plan qui risque de fonctionner.

—Ah !... y aurait moyen d'en faire un *scoop* ?

—Certain !... sauf qu'il y a un problème : Pouliot.

—Qu'est-ce qu'il a encore fait ?

—Pour l'instant, rien, mais il est au courant de mon plan et il veut avoir l'entrevue avec ce tueur. Il ne me lâche plus et il risque de tout faire foirer.

—Je vois... Pouliot, c'est le genre éléphant sur un terrain de golf. Faut refaire le green après son parcours!

—Je ne vous le fais pas dire.

—Je peux arranger ça... à condition que tu me garantisses la une du journal, si ton idée marche!

—C'est évident!

Il s'allume un havane et décroche le téléphone.

—Passe-moi Alfred, Jo.

Il a toujours ce diminutif, qu'il doit juger amical, pour sa secrétaire. Quatre secondes et un quart plus tard, il a Pouliot en ligne.

—Alfred, j'ai un reportage spécial pour toi: les ravages de l'alcoolisme chez les Montagnais du Labrador. Ça presse!

J'entends Pouliot qui braille je ne sais quoi, mais j'imagine.

—Non, pas question! Tu pars au plus sacrant et tu restes le temps qu'il faudra. Je veux un article de fond, pas juste une page... Malacci? Pas besoin, y a assez de photos en banque icitte!... d'accord, je compte sur toi, Alfred!

Il raccroche et me regarde, satisfait.

—Voilà, c'est réglé. On ne le reverra pas avant quinze jours, au moins!

—Ça me soulage, mais il y a autre chose. J'aimerais avoir deux ou trois jours de congé pour mettre au point mon plan avec la police. Comme ça, les flics n'auront pas besoin de revenir me voir aussi souvent.

—Ouais!... j'imagine que ça doit se préparer une affaire de même... Bon, tu peux prendre quelques jours, mais tout ça reste entre nous, d'accord?

—Bien sûr !

Quand je revois Pouliot, il est en train de s'avaler une bonne lampée de gin.

—Tabarnak ! Gonzague m'envoie me geler l'cul au Labrador ! Doit faire moins quarante là-bas !

—Je sais, j'étais avec lui quand il a eu cette drôle d'idée.

—Sacrament ! je risque de louper mon interview avec le tueur.

—T'en fais pas, je la ferai et je la signerai pour toi.

—Quand même, je trouve ça bizarre, ce reportage !.... C'est pas le genre du journal.

—Gonzague avait peut-être trop bu de scotch, ou c'était l'idée de Georgette, va savoir ! Tu pars quand ?

—Au plus vite. Si Gonzague me voit encore ici demain, il est capable de me foutre au chômage !

Ensuite, pendant que Pouliot va s'équiper contre le blizzard qui l'attend, je file chez moi. Avec les noms des femmes assassinées, je jongle en essayant de trouver ce qui a pu faire croire à Léo qu'il avait deviné la prochaine cible du tueur. Après quelques heures, j'ai la vue qui s'embrouille. Ce ne sont pas les tasses de café que j'ai avalées qui m'aident beaucoup... jusqu'à ce que je pense avoir trouvé quelque chose.

À force de jouer avec les premières lettres de chaque prénom, j'ai fini par former ça : **V-A-L-E-R**. Est-ce que Léo serait arrivé au même genre de trouvaille ? Si c'est le cas, cela voudrait dire que la prochaine victime pourrait être Valérie. Ce que je ne comprends pas, c'est que si **V**iviane

Pinchaud, **A**nne Labelle, **L**ouise Durand, **E**mmanuelle Lachance, **R**enée Lahaie avaient sur leur ventre le nom d'un des sept nains, il manquerait le **I** et **E** d'autre prénoms pour être sûr de ma déduction. Selon Dupré, c'est « Grincheux » et « Dormeur » que l'assassin a marqué sur les corps de Pascale Dubuc et de Sylvie Dubois. Mais le **P** de Pascale et le **S** de Sylvie ne collent pas avec les lettres manquantes pour former VALÉRIE.

Ensuite, en admettant que Léo a été amené à supposer que Valérie sera la prochaine victime, pour quelle raison le tueur aurait-il établi patiemment son canevas sanglant ? Pourquoi ne pas l'avoir tuée elle, et non toutes ces femmes avant ? Alors que je me prépare à avaler un autre café, le téléphone sonne et je décroche aussitôt. Ce n'est pas Denise, mais Sahara.

— Ah ! Tu as les renseignements ?

— Oui, j'ai fini par joindre le biologiste judiciaire de l'Institut de médecine légale, Philippe Lavoie.

— Et alors ?

— C'est quelqu'un que je connais bien, mais il a hésité à me parler.

— Pourquoi ?

— Les résultats de l'autopsie de Pascale Dubuc et de celle, en cours, de Sylvie Dubois, ne doivent être transmis au Service de renseignements criminels de la CUM... qu'au lieutenant Dupré et à personne d'autre.

— Tiens, tiens !

— J'ai quand même pu apprendre que Dubuc a été étranglée et que Dubois a reçu un coup de feu en plein visage... mais, surtout, qu'il n'y avait rien de marqué sur leurs corps !

—Ce n'était donc pas notre tueur ! Dupré et Dupéré sont en train de mêler les cartes, on dirait. Pas de nouvelles de Léo ?

—Non, et toi ?

—Rien, mais je crois qu'il est peut-être en train de chercher Valérie Pintal.

—Comment ça ? !

—Je suis arrivé à cette déduction en jouant avec les premières lettres des prénoms des cinq femmes assassinées.

—Et tu as fini par avoir Valérie comme résultat ?

—Pas tout à fait. VALER, oui, mais sans le I et le E de la fin. Selon mon hypothèse, deux nouvelles victimes, dont les prénoms commenceraient par un I et un E, devaient être marquées « Grincheux » et « Le Dormeur ». Pas les femmes que m'ont fait croire Dupré et Dupéré !

—Ils auraient inventé ces deux meurtres, en les attribuant au tueur, pour le forcer à réagir ?

—Tout à fait. Selon ce que je pense, ces derniers meurtres ne collent pas avec la charade machiavélique et, si j'ai deviné juste, ça va mettre le type en maudit !

—Le tueur devait être en train de chercher deux femmes qui correspondent à son plan : une Irène pour le **I** et une Évelyne pour le **E**, par exemple ?

—Si j'ai deviné juste, oui, et comme je me doute qu'il a dû lire les dernières annonces de « Blanche-Neige », il risque de passer directement à celle qu'il envisage de tuer depuis le début... Valérie Pintal !

—Hmm !... est-ce que tu as vu Dupré, ou Dupéré, près de chez toi ?

—Non, pourquoi tu me demandes ça ?

—Parce que je te sens nerveux.

—C'est vrai, je suis nerveux ! Je te rappelle bientôt. Salut, ma belle.

Je raccroche vite, pas parce que je ne veux plus lui parler, mais à cause de la poignée de ma porte qui tourne lentement depuis quelques secondes.

CHAPITRE 27

Je me poste près de l'entrée, avec mon lourd cendrier plein de mégots. Ma serrure est tout ce qu'il y a de plus facile à ouvrir pour quelqu'un d'un peu futé, mais la personne qui s'y essaye ne semble pas très douée. La poignée est secouée deux ou trois fois et, finalement, on cogne à la porte.

—Qui est-ce ?

—C'est moi, ouvre.

J'obéis aussitôt, car j'ai reconnu la voix de Léo. Il entre et, voyant le cendrier dans ma main, il sourit.

—Tu fais quoi avec ça ?

—J'allais te l'envoyer sur le crâne ! T'es pas celui que je croyais.

—Tu t'attendais à qui ?

—Au tueur.

Léo va s'asseoir sur le divan et me regarde.

—Pourquoi t'es encore allé chez moi ?

J'espère que Denise ne lui a pas dit que j'ai réussi à trouver son code et que j'ai lu ses fichiers, mais je n'en suis pas certain.

—J'ai eu une idée sur ces crimes et je voulais savoir si tu avais eu la même, en parlant avec ta femme.

—Je n'ai jamais discuté de ça avec Denise. Elle était contre mon enquête.

—Oui, c'est ce qu'elle m'a dit, mais pourquoi tu n'es pas allé au poste aujourd'hui ?

—Parce que, moi aussi, je crois avoir trouvé quelque chose. C'est quoi l'idée que t'avais ?

J'hésite un peu, car je trouve étrange qu'il vienne me voir en me pensant « brûlé » comme j'ai pu l'apprendre dans son fichier d'enquête. S'il a mentionné ça, c'est bien parce qu'il sait que je suis surveillé par les Dupont-Dupond. J'allume une énième gitane pendant que mes neurones se chamaillent, mais je sais déjà ce que je vais lui répondre.

—J'ai pensé que le tueur proposait une charade, avec les noms de ces nains.

—C'est pas bête.

—J'essayais de trouver quel message il voulait envoyer, et à qui !

—T'as trouvé ?

—Pas encore, mais si mon hypothèse est bonne, la clé se trouve peut-être dans les noms de ces pauvres femmes. Et toi, quelle est ton idée ?

—D'après moi, le tueur est quelqu'un qui agit pour le compte de Zoé.

—Qu'est-ce qui te fait dire ça ?

—Elle était enceinte de Richard.

J'en reste la bouche ouverte, avant de réagir.

—Attends un peu... répète-moi ça !

—Zoé était enceinte depuis deux ou trois mois, quand Conrad a tué Richard. Tout le monde le savait chez nous.

— Mais... tu as parlé de ça au procès de Conrad ?

— Non. Ça n'aurait servi qu'à le faire condamner à une peine plus lourde. On aurait pu croire qu'il avait tué Richard par jalousie, pas dans un moment de folie dû à la drogue.

— J'en reviens pas !... et depuis quand penses-tu que ta sœur est derrière ces meurtres ?

— Dès la seconde victime, Pinchaud, j'ai eu des soupçons. Il y a autre chose que tu ne sais pas, pas plus que Sahara, qui m'a fait penser à Zoé alors.

— Tu n'arrêtes pas de sortir des cartes de ton chapeau !... je peux savoir de quoi il s'agit ?

— Pas tout de suite, mais faudrait que tu m'aides pour savoir si j'ai raison.

— Ouais ! mais je ne vois pas comment je t'aiderais avec ces flics qui me surveillent, sans compter le tueur qui ne doit pas être loin !

— Je sais... mais tu es le seul qui peut aller rencontrer Conrad.

J'ai beau être un joueur d'échecs, je n'arrive pas à rester flegmatique devant ce qu'il vient de dire.

— Con... Conrad !... tu sais où il est ?

— Oui, je l'ai retrouvé. Il vit à Tewksbury dans une clique de *flyés* : l'Alliance Blanche. Leur gourou est un type qui s'appelle Umabel. C'est pourquoi j'ai été surpris d'apprendre que ta copine voyante t'avait dit que Conrad vivait dans une sorte de secte.

— Alors, tu as revu ton frère !

— Une fois, mais de loin. J'ai pas osé m'approcher, j'étais en uniforme.

— Tu n'avais qu'à t'habiller en civil !

— Conrad m'aurait sûrement reconnu, à cause de ma cicatrice entre autres, et je ne sais pas comment il aurait réagi... ça m'étonnerait qu'il ait raconté à ses copains ce qui était arrivé dans notre famille !

—Je comprends... mais pourquoi tu voudrais que j'aille le voir ?

—Pour savoir s'il est au courant de tous ces meurtres de femmes et, si oui, qu'est-ce qu'il en pense.

Je n'aime pas vraiment ce qu'il me demande. Je risque d'arriver à Tewksbury comme un chien dans un jeu de quilles. Je n'ai ni l'allure d'un hippie, ni celle d'un bonze quelconque.

—Hmm ! pourquoi est-ce qu'il me ferait confiance ? Il pourrait croire que je suis quelqu'un qui essaye de le piéger pour toutes sortes de raisons !

—Pas avec ce que tu lui diras de ma part.

—Et qu'est-ce que je lui dirai de ta part ?

—Iras-tu, oui ou non ?

—Bon... d'accord, j'irai.

—Merci... tu lui diras simplement : Blanche-Neige est restée muette.

Ça, ça me sidère encore plus.

—C'est tout, juste ça ?

—Oui, il devrait comprendre que c'est moi qui t'envoie... mais il pourrait penser aussi que c'est Zoé !

Ce qu'il vient de dire n'est pas fait pour me rassurer.

—Tu n'as pas tout dit, j'ai l'impression, sur cette nuit où Conrad a tué Richard et ta mère. Vrai ou faux ?

Il s'agite, mal à l'aise.

—Je... je comprends pas !

—Je crois que tu ne m'enverrais pas rencontrer ton frère avec un tel mot de passe sans qu'il soit bien clair pour lui... et j'aimerais savoir pourquoi il le serait.

Pendant quelques secondes, il ne dit rien et me regarde en coin. Finalement, il se décide à parler, tête baissée.

—Oui... c'est vrai, je ne vous ai pas tout dit l'autre fois... quand je suis revenu à moi, Conrad m'a tout raconté... La veille il n'était pas rentré, car il était avec Valérie... c'était sa petite amie... elle lui avait appris comment Zoé, deux jours avant, lui avait fait croire qu'il était malade et qu'il la réclamait... Quand Valérie est arrivée chez nous, j'étais à l'école... Zoé et Richard lui ont sauté dessus et ils l'ont violé... au moins pendant une heure... la mère était là, mais elle n'a rien fait pour l'empêcher... Conrad avait toujours refusé les avances de Zoé, mais elle insistait régulièrement... Il lui disait alors qu'elle devrait se faire soigner avant de devenir complètement folle en ne pensant qu'au sexe... Zoé hurlait de rage, à chaque fois que Conrad lui disait ça... mais jamais on aurait pensé qu'elle s'en prendrait à Valérie... Conrad voulait seulement tuer ce gros porc de Richard... la mère ce fut par accident... la lame était si aiguisée qu'elle lui a tranché net la carotide... je me suis dit qu'elle avait payé pour tout ce que Richard nous avait fait subir, Conrad et moi... Conrad était très amoureux de Valérie... Il l'appelait « Ma Blanche-Neige » quand il m'en parlait !

Je réalise mieux maintenant. Je comprends surtout que le jeune Léo avait tenu parfaitement son rôle, car le viol de Valérie ne fut jamais mentionné. Conrad et Léo pactisèrent sûrement avec elle, car tous les trois restèrent muets sur ce viol pendant l'enquête. La seule défense présentée, au procès, fut que Conrad avait agi sous l'emprise d'un *bad trip* de L.S.D. Je fais bien sûr le lien avec son récit et ce que j'ai appris à propos de Valérie. Il est certain qu'en mentionnant « Blanche-Neige », Conrad pourrait se confier à moi si jamais il a une chose à faire part à Léo.

—Si jamais Conrad se méfiait trop, tu pourras toujours lui montrer ça.

Il me tend la photo de lui et de Conrad.

—Prends en soin, Malacci, c'est la seule que j'ai de nous deux.

—D'accord et toi, pendant ce temps, tu fais quoi ?

—J'essaye de retrouver Zoé.

—Comment es-tu arrivé à croire qu'elle pouvait être responsable de ces meurtres ?

—Te raconterai... une fois que tu auras parlé à Conrad et que je saurai ce qu'il pense de ces crimes, si jamais il est au courant d'eux.

—Tewksbury, c'est bien le bled près de Québec ?

—Oui, à une vingtaine de kilomètres. D'après les habitants du coin, les membres de l'Alliance Blanche sont plutôt *peace and love :* genre hippies qui rêvent d'un autre Woodstock. Sont tous végétariens, mais j'ai appris qu'Umabel se tape un steak de temps en temps à Stoneham.

—Ah ! j'imagine qu'ils doivent pratiquer l'échange de partenaires et que le bonhomme a besoin de ne pas faiblir si c'est le chéri de ces dames !

—Possible. Répète-moi ce que tu devras dire à Conrad.

—Blanche-Neige est restée muette.

—C'est ça. Téléphone chez nous quand tu reviendras. Si je ne suis pas là, tu laisseras le message à Denise et je t'appellerai dès que je rentrerai.

—Tu vas rentrer au poste, alors ?

—Oui, avant que Di Sario lance un avis de recherche contre moi !

—Et Sahara, tu vas lui dire où je vais et pourquoi ?

—Pas tout de suite. Ça dépendra de ce que tu ramèneras de Tewksbury.

Il se lève et me tend la main.

—Merci, Malacci.

—Tu pourrais m'appeler Robert, tu sais ?

—Oui, c'est vrai... je pourrais. À bientôt, salut.

Une fois seul, je barricade ma porte et je retourne à mes notes éparpillées. Léo ne m'a pas dit qu'il était arrivé à former VALER grâce aux prénoms des victimes, alors je doute que mon hypothèse soit valable. Surtout après ce que je viens d'apprendre sur Zoé et Richard. D'après ce que vient de me dévoiler Léo, il semble croire que c'est Conrad qui est en danger. Pas Valérie.... oui, mais pourquoi Zoé aurait-elle fait assassiner ces femmes si c'est seulement à Conrad qu'elle en veut ? Et puis, surtout, pourquoi Léo a-t-il mentionné dans son fichier d'enquête : « Leurs noms ! ce serait leurs noms peut-être ! si c'est ça, elle est en danger ! » Qui ça, elle ?

Je m'y perds totalement, maintenant, et je me demande qui je risque de rencontrer à Tewksbury : Conrad ou ce tueur qu'aurait engagé Zoé pour la venger de la mort de Richard... et est-ce que Léo a raison de croire que son frère n'a rien à voir avec tous ces meurtres sanguinaires de femmes, depuis deux ans ?

CHAPITRE 28

Tewksbury, c'est un village, au début du parc des Laurentides, devenu un prolongement de la banlieue de Québec au fil des ans. On y trouve de plus en plus de chalets le long de la Jacques-Cartier. La seule attraction « touristique » était une construction bizarroïde en gros madriers, bleus et rouges, plantée en plein milieu d'un promontoire. Elle n'existe plus. La première question qui venait à l'esprit en la voyant était : « À quoi ça sert ? ! » et c'était presque le titre du film réalisé sur cet échafaudage étrange : *Pour quoi c'est faire ?* Son réalisateur, certainement lors d'un accès de surréalisme, avait imaginé faire construire la chose en une journée par les villageois. Pari réussi à l'époque, dans les années soixante. Les oiseaux avaient profité pendant des années d'un point de vue privilégié sur la rivière, mais aucun n'avait songé à y faire son nid. Trop venteux comme endroit.

Évidemment, il y a plus de neige ici qu'à Montréal. Et il fait encore plus froid. Je me demande comment ma Renault a fait pour se rendre jusque-là, vu qu'elle n'a pas de pneus d'hiver mais seulement des 4-saisons. En arrivant, j'avise une femme qui descend de sa voiture devant une maison et je ralentis en ouvrant ma fenêtre.

—Bonjour, madame, vous savez où se trouve l'Alliance Blanche?

Elle me lance un regard ironique.

—Oui.

—C'est où?

—Suivez cette route et vous y arriverez bientôt. Vous pouvez pas vous tromper: il y a leur pancarte sur un sapin, à l'entrée.

—Merci.

Je repars pour rouler quelques kilomètres. Je ne croise personne, jusqu'à ce que je tombe sur l'annonce en question: L'ALLIANCE BLANCHE en lettres... blanches sur fond noir. Classique. J'emprunte un petit chemin bordé de conifères pour arriver bientôt à une grande maison, blanche évidemment, d'où ne provient aucun bruit. Je stationne et je me dirige vers la bicoque. La porte n'a aucune sonnette et j'y frappe deux ou trois coups. Comme personne ne répond, je tourne la poignée et j'entre. Je découvre une grande salle dénudée dont la couleur, blanche, ne me surprend pas. Une dizaine d'hommes et de femmes sont assis en tailleur derrière celui qui doit être le gourou des lieux: Umabel.

Ils portent tous un sari de coton identique et blanc, bien entendu. Le silence est à couper au couteau et personne ne remarque mon arrivée. Tout le monde a les yeux fermés et je comprends que je viens de tomber en pleine séance de méditation. Discrètement, je m'assieds et j'attends. J'ai bien envie d'en griller une, mais je ne crois pas que ce soit l'endroit ni le moment. J'essaye de voir si je ne pourrais pas reconnaître Conrad, mais comme ils ont tous les cheveux longs et qu'ils me tournent le dos, j'oublie ça.

Au bout d'une heure environ, alors que je commence à somnoler, Umabel entonne une mélopée à laquelle les autres se joignent. C'est un beau chant, mais dans une langue inconnue de moi. Le chant s'amplifie et tout le monde tape dans ses mains. Pour un peu je ferais la même chose tellement le rythme est entraînant. Quand ça se termine, Umabel émet un long son :

—Ommmmmm....

Les autres l'imitent en chœur.

—Ommmmmm....

Quand le silence revient, Umabel s'incline pour toucher le sol de son front. Certains font la même chose. Ensuite, chacun se relève doucement et moi aussi. Umabel me remarque et s'approche. Il a dans la cinquantaine.

—Bienvenue à l'Alliance Blanche. Je suis Umabel, et toi ?

—Robert.

—Quelle est la raison de ta visite, Robert ?

—Je recherche l'harmonie subtile entre l'esprit et les sens, celle que l'homme d'aujourd'hui a perdue et que je n'arrive pas à retrouver seul !

Ça le laisse un peu perplexe, puis il sourit.

—Sois assuré que tu trouveras cette harmonie ici, si jamais tu décides de te joindre à nous. Qui t'a parlé de notre communauté ?

—J'ai fait une recherche et l'Alliance Blanche m'a semblé la plus susceptible de répondre à mes besoins.

—Sage conclusion. Parle avec Rama et Cristèle et viens me voir ensuite, si tu as besoin d'en savoir plus sur nous.

Il s'éloigne pour rejoindre le groupe et sort avec lui. Dans la salle, ne restent qu'une jeune fille et un homme qui charrient une grande table rectangulaire jusqu'au centre. Je me dirige vers eux en souriant de mon air le plus candide.

—Bonjour. Moi, c'est Robert.

—Bienvenue, répond l'homme. Moi, c'est Rama.

—Et moi, Cristèle, fait la fille.

—Jolis noms !

—C'est Umabel qui les a choisis, m'indique-t-elle. Nous devons perdre tout lien avec le passé en devenant membre de l'Alliance. Nos noms de baptême sont des rémunescences émotives à surmonter, autrement !

—Tu veux dire « réminiscences » ?

—Oui, tu as compris !

—La prononciation exacte n'a pas d'importance, continue Rama. Ce qui compte, c'est surtout le concept dont le mot est porteur. Et ce concept passe avec force dès qu'on met toute notre pensée dans le terme qui n'est qu'un véhicule... bien ou mal exprimé !

Ça sent la leçon apprise par cœur, lors d'un *trip* de haschich devant un feu de camp.

—Oui, c'est clair... ça rejoint pas mal la pensée de Francis Blanche : « Le métabolisme basal quand tu me tiens ! »

Ça les laisse sceptique, mais comme je garde mon sérieux, ils doivent penser que j'ai déjà fréquenté une communauté « spirituelle » comme la leur.

—Connais pas ! fait Rama, en se refermant comme une huître.

—J'ai déjà entendu ce nom, dit Cristèle... un grand initié, non ?

—Oh oui !... mais très humble ! je réplique, en me pinçant presque pour ne pas rire.

—Umabel est aussi très humble !

—J'en doute pas... vous êtes ici depuis longtemps ?

—Un an, répond Cristèle.

—Six ans, dit Rama.

—Alors tu devais être un des premiers ?

Ils éclatent de rire.

—L'Alliance existe depuis longtemps ! m'informe Rama. Umabel l'a fondée avec Lancelot en mille neuf cent quatre-vingt-cinq.

—Il est du même âge qu'Umabel, ce Lancelot ?

—Non, plus jeune, mais l'âge n'a aucune importance pour nous, dit Rama.

—C'est vrai, on n'a que l'âge qu'on décide d'avoir intérieurement. D'ailleurs, personne ne te demande quand tu es né, ni d'où tu viens ici, me confirme Cristèle avec un sourire un peu tarte.

—Ça, j'aime bien !

—Quoi donc ? lance une voix grave derrière moi.

Je fais volte-face pour découvrir un type au regard sombre et à la carrure immense.

—Voici Lancelot, Robert ! fait Cristèle.

Je ne la contredis pas, mais j'ai reconnu Conrad à ses sourcils épais : les mêmes que ceux qu'il a sur la photo.

—Bienvenue à l'Alliance, Robert. Est-ce que Rama et Cristèle répondent comme tu veux à tes questions ?

—Très bien, mais j'allais leur demander comment vous est venue l'idée de l'Alliance à Umabel et à toi ?

Il hausse les épaules.

—Pourquoi ? L'important, c'est qu'elle existe !

Puis, aux autres :

—On a besoin de vous pour ramasser du bois mort.

Rama et Cristèle filent aussitôt sans moufter. Une fois seuls, Conrad me fixe d'un air méfiant.

—Umabel pense que tu es venu pour autre chose que par simple curiosité. C'est vrai ?

Je déglutis un peu, car s'il devait s'énerver je ne donnerais pas cher de ma colonne vertébrale.

—Oui !

—Tu ferais mieux de me dire pourquoi, car je l'apprendrai de toute façon !

—J'ai un message pour toi, Conrad, de la part de Léo... Blanche-Neige est restée muette !

Il crispe ses mâchoires et une grosse veine se met à battre sur son front, juste entre ses yeux. Ses poings se serrent et c'est là que je réalise que ce sont plus des battoirs qu'il a que des mains. Il me fait soudain penser au personnage de Gaston Leroux, Chéri-Bibi, le forçat sanguinaire. Je n'ai pas le temps d'en dire plus qu'il m'agrippe au col pour coller mon visage au sien.

—Qui que tu sois, j'espère que t'as une bonne raison pour venir me dire ça !

Il me soulève comme si je ne pesais pas plus qu'un jouet et me laisse retomber, en m'indiquant l'escalier qui mène à l'étage.

—Monte, on va continuer dans ma chambre.

Comme je veux tergiverser, il me pousse brutalement.

—C'est *cool*... on y va, on y va !... Conrad.

CHAPITRE 29

Sa piaule est tout ce qu'il y a de plus austère : un lit simple, une table minuscule, une chaise en bois et une lampe ordinaire sur pied. Le moindre missionnaire en Afrique doit être mieux logé que ça. Conrad m'indique la chaise, mais lui reste debout.

—Qui es-tu et qui t'envoie ? demande-t-il d'un ton rauque.

Je prends une bonne inspiration et je plonge en lui racontant tout ce que je sais. Au fur et à mesure de mon discours, je peux voir l'effet qu'il produit sur son visage. Conrad passe à travers toute la gamme de sentiments : l'incrédulité, la haine, la passion, la stupeur, la fureur, pour finir par l'inquiétude en apprenant qui Léo est en train de chercher.

Quand j'ai terminé, je suis vanné et j'allume une gitane. Conrad va s'asseoir sur son lit, tétanisé, et son cerveau doit carburer à fond de train. J'essaye d'imaginer comment j'aurais réagi à sa place, mais je ne vois qu'une façon : j'aurais pété les plombs ! Finalement, au bout de quelques minutes, il me regarde.

—Désolé, je t'avais pris pour un farceur. Y en a qui viennent ici, de temps en temps, dit-il d'une voix sourde.

—Est-ce que Léo a bien fait de m'envoyer?

—Oui, ne serait-ce que par ce que tu m'as appris sur lui... flic et marié, j'en reviens pas!

—Qu'il soit flic?

—Non, marié. J'aurais jamais cru.

—Et les meurtres de toutes ces femmes qu'on a mutilées, tu savais?

—Non, on ne lit jamais les journaux à l'Alliance.

—Crois-tu que Léo a raison de soupçonner Zoé?

—Je ne sais pas.

—Moi non plus. Si Zoé voulait te faire payer la mort de Richard, elle n'avait qu'à engager quelqu'un pour venir te tuer. Je ne vois pas le rapport qu'il pourrait y avoir entre toi et ces femmes assassinées.

—C'est vrai, mais si Léo a raison, alors Zoé sait où me trouver et elle attend le moment voulu pour dévoiler sa ruse... Tu m'as bien dit qu'il y a eu deux crimes qui ne ressemblaient pas aux autres, dernièrement ? À propos des signatures, surtout?

—Oui, ceux de Dubuc et de Dubois. Les deux flics qui m'ont repéré, avec mes annonces, ont voulu faire croire qu'il y avait « Grincheux » et « Dormeur » d'écrit sur elles. Autrement dit le sixième et le septième nain de Blanche-Neige. Mais c'était faux. Ils m'ont obligé à publier ça pour forcer le tueur à se manifester, pour qu'il vienne me faire payer cette *joke* de « Blanche-Neige» et qu'ils puissent le coincer chez moi.

—Quel que soit l'auteur des crimes précédents, c'est certain qu'il suivait un plan bien précis!

J'allume une autre cigarette.

—J'aimerais te poser une question, Conrad.

—Laquelle ?

—Est-ce que parmi les filles de l'Alliance, il y en a dont le prénom commence par un I et d'autres par un E ?

Il plisse le front, car il doit s'efforcer de raccorder ma question avec tout ce que je lui ai raconté.

—J'sais pas... Umabel pourrait te le dire.

—Pourquoi juste lui ?

—À cause des chèques du Bien-être social qu'il va encaisser chaque mois pour tout le monde. C'est surtout avec ça qu'on vit... Tu pensais à quoi ?

—Oh ! j'essayais de suivre mon raisonnement à propos de ce que je croyais avoir trouvé sur le nom VALÉRIE, mais sans le I et E de la fin.

—C'est quoi, explique.

Je lui dévoile alors ce que j'ai cru pouvoir former avec les prénoms des cinq premières victimes : VALER.

—Qu'est-ce que Léo en a dit ?

—Je ne lui en ai pas parlé vraiment, mais je me demande s'il n'est pas arrivé à penser la même chose que moi. Quand les faux détails macabres concernant Sylvie Dubois ont été publiés, Léo est sorti de chez lui aussitôt. Sur un de ses fichiers d'ordinateur, il a mentionné qu'il devait vite LA retrouver. Après l'avoir vu, hier, et avoir entendu ce qu'il m'a dit à propos de Zoé et Richard, j'ai pensé que c'était Zoé qu'il voulait retrouver, mais je n'en suis pas certain... et si c'était plutôt Valérie ?

Conrad se lève et marche autour de moi, la tête entre ses mains. J'ai peur que toute cette histoire ne finisse par le démolir après ce qu'il a vécu : le viol de Valérie par Richard et Zoé, la nuit sanglante, l'arrestation et le procès, la condamnation et la prison qui ont suivi, etc. Quand il s'arrête et me fixe, l'air hagard, je comprends qu'il craint une chose terrible.

—Oui... c'est sûrement Valérie qui est en danger, pas moi ! Zoé sait que ce serait la meilleure façon de me faire du mal !

Je ne peux qu'approuver.

—C'est vrai... ce serait logique. Monstrueux, mais logique !

—Pour Zoé, rien n'était trop monstrueux ! crache-t-il.

—Tu dois savoir de quoi tu parles.

Il émet un bref ricanement avant de répondre.

—Si je te disais que je l'ai vue souvent se faire enfiler par toutes sortes d'animaux, à Cascades, pendant qu'elle en suçait d'autres, tu dirais qu'elle était quoi ?

—Ben !... une zoophile.

—Quand Richard la fouettait jusqu'au sang et qu'elle en redemandait en se masturbant ?

—Une vrai maso, c'est le cas de le dire !

—Et quand la mère voulait participer à ses parties de baise avec Richard et que Zoé la mordait et la griffait en hurlant comme une enragée pour la repousser ?

—Hystérique !

—Et quand Valérie lui a demandé pitié, après avoir été violée plusieurs fois, et que Zoé lui a pissé sur la figure ?

—Je dirais qu'elle était déjà bonne pour l'asile!

—C'était ça, Zoé, à seize ans, alors imagine comment elle pourrait être maintenant!

Je ne rajoute rien, mais Conrad a raison. Ce n'est pas seulement une malade qui souhaite venger la mort de Richard, comme le suppose peut-être Léo, mais un être désaxé, un monstre de perversité, un succube assoiffé de sang qui est probablement en train de préparer le meurtre de Valérie dans un ultime sabbat dantesque! Qui sait?

Conrad ne parle plus et je me demande ce qu'il va faire, maintenant qu'il pense savoir qui sera la prochaine victime de Zoé.

—Il faut vite retrouver Valérie!

—Personne ne sait où elle est.

—Si, Zoé, tu peux être sûr!

—Quand as-tu vu Valérie pour la dernière fois?

—Un peu avant mon procès... quand on me faisait passer des tests à l'hôpital psychiatrique de Rivière-des-Prairies.

Il émet un grognement féroce et va à sa fenêtre qu'il ouvre toute grande. De l'extérieur, on entend les autres qui reviennent des bois. Je vais rejoindre Conrad et j'aperçois le groupe qui arrive, les bras pleins de branches mortes dont la plupart sont recouvertes de neige. Ils chantent tous leur drôle de mélopée, avec Umabel en tête.

—C'est quoi, cette langue?

—Du sanscrit... Umabel a vécu dans un monastère, en Inde, avant qu'on se rencontre.

—Et tu l'as connu où?

—En prison. On l'avait condamné à cinq ans pour trafic de drogue. On est presque sortis ensemble.

—Ah !

—La femme que tu connais, cette voyante. Elle pourrait peut-être savoir où se trouve Valérie ?

—Oui, oui... peut-être !

Je ne crois pas que ce soit vraiment le moment de parler de ça. Non parce que je doute des pouvoirs de Solange, mais parce qu'il y a une chose à laquelle j'aurais dû penser bien avant : qu'on puisse placer des micros chez moi. Et qui d'autre avait avantage à le faire, sinon les Dupont-Dupond qui descendent d'une voiture banalisée garée derrière la mienne ! Umabel les reçoit, alors que cesse le chant du groupe.

—Bienvenue à l'Alliance Blanche. Que la Lumière soit avec vous, comme elle est toujours présente en nous !

—Lieutenant Dupré. J'aimerais voir le propriétaire de cette voiture.

Il montre son insigne tout en indiquant ma bagnole. Umabel a un petit rire narquois.

—Oui, bien sûr, celui qui dit s'appeler Robert ! Il est à l'intérieur, avec Lancelot.

Puis il se tourne vers le groupe.

—Laissez le bois ici. On le rentrera plus tard.

Les membres laissent tomber leurs fagots pendant que Dupré, Dupéré et Umabel se dirigent vers la maison. Conrad m'interroge du regard, l'air dur.

—Ils m'ont suivi jusqu'ici, Conrad ! Ils avaient certainement un micro chez moi quand Léo est venu me voir ! Qu'est-ce qu'on fait ?

Il semble me croire et reste calme.

—Descendons, me dit-il.

En nous voyant apparaître, Dupéré a un petit sourire en coin. Dupré est impassible, comme d'habitude.

—C'est l'homme que vous vouliez voir ? demande Umabel .

—Oui, répond Dupré.

—Ça pouvait pas attendre un peu, au lieu de me traquer comme des chasseurs de prime ! je fais remarquer.

—J'imagine que ce monsieur est Conrad Bélanger ? fait Dupré.

—Exact, répond Conrad, ça pose un problème ?

—Pas vraiment. On vous cherchait.

—Pourquoi ?

—Pour connaître vos emplois du temps, ces dernières années.

—Je ne sors presque jamais. Umabel et les autres pourront vous le confirmer.

—C'est vrai, approuve Umabel. Conrad va une ou deux fois seulement, par an, à Tewksbury.

—Mouais ! marmonne Dupéré, j'imagine que tous vos « pensionnaires » le confirmeraient... même sous la torture !

—Wow ! une minute, j'interviens, qu'est-ce que tu insinues : que Conrad est le tueur que vous essayez d'avoir ?

—Le tueur !... quel tueur ? fait Umabel qui commence à s'inquiéter.

—Il fait partie des suspects, mentionne Dupré. Ça ne veut pas dire que nous l'accusons.

—Mais de quoi vous parlez ? s'impatiente Umabel.

—C'est une longue histoire mon ami, fait Conrad, l'Alliance n'est pas concernée. Rassure-toi.

Puis il s'approche des Dupont-Dupond.

—Si vous voulez m'interroger, très bien, mais pas ici.

— OK !, fait Dupéré... si tu viens sans faire de problème, on ne te passera pas les menottes.

— Vous êtes de beaux enfants de chienne, vous deux, si vous voulez mon avis ! je lui crache.

— J'enregistre, Malacci, mais si jamais Conrad est celui qu'on pense on s'en reparlera, me précise Dupéré, l'air mauvais.

Tout le monde sort. Le groupe suit des yeux Conrad, encadré par Dupré et Dupéré. Les visages des membres de l'Alliance sont graves, mais alors que je m'attends à une réaction de leur part, Umabel entonne leur chant habituel d'une voix forte. Aussitôt, tous les autres se joignent à lui. Dupré se tourne vers moi.

— Désolé, cher monsieur, mais nous ne faisons que notre travail.

Ils montent tous les trois en voiture et elle s'éloigne doucement, me laissant aussi gland qu'un œuf d'autruche abandonné par sa mère partie courir la galipote. Si le groupe a fait preuve de contrôle jusqu'à présent, les regards que me lancent Rama, Cristèle et les autres sont par contre très expressifs : il suffirait d'un mot d'Umabel pour que je sois bouffé tout cru, même s'ils sont tous végétariens !

Chapitre 30

Trois heures après j'approche de Montréal mais, alors que j'arrive au pont Jacques-Cartier, je décide de bifurquer en voyant le panneau « La Prairie » et je file dans cette direction. Je sais pourquoi, bien sûr, car tout au long de la route de retour je me suis remémoré notre conversation, à Conrad et moi. Quelques minutes plus tard je stationne devant l'hôpital psychiatrique. La préposée aux renseignements me reçoit avec le sourire.

— Bonjour, monsieur.

— Bonjour. J'aimerais rencontrer le directeur.

— À quel sujet ?

— C'est personnel... ça concerne un parent qui a été interné ici en quatre-vingt.

— Ah !... le directeur actuel n'était pas le même alors.

— Je m'en doute, mais il doit rester des archives de cette époque !

— Sûrement, mais le directeur est absent.

Voyant un bonhomme qui s'éloigne rapidement, dans le fond, elle l'appelle :

— Monsieur Desrosiers !

Le type se retourne, surpris. La secrétaine me pointe d'un coup de tête et le bonhomme s'avance vers nous. Il a dans la cinquantaine.

—Qu'y a-t-il, Madeleine?

—Ce monsieur souhaitait voir le directeur.

—Ah ! Il est parti. Je peux peut-être vous aider: Jacques Desrosiers, je suis le directeur adjoint.

—Lortie... Léopold Lortie.

—Que puis-je faire pour vous, monsieur Lortie?

—Vous allez trouver ça étrange, mais quand je vous aurai dit pourquoi, vous comprendrez certainement.

Je sors d'une poche la photo que Léo m'avait remise.

—Mon frère, Conrad, celui à gauche sur cette photo, a subi des examens psychiatriques dans cet hôpital en mille neuf cent quatre-vingt... Mon vrai nom était Bélanger, je l'ai changé pour Lortie, car c'est celui de la famille qui m'a adopté. C'est sous le nom de Bélanger que mon frère a été conduit ici pour ses examens. Il avait dix-sept ans. J'aimerais avoir accès à son dossier psychiatrique.

—Ah bon! Pourquoi donc?

—Pour consulter le diagnostic qui avait été rendu alors.

—En quoi est-ce que cela vous intéresse?

—Conrad a tué nos parents, quand j'étais jeune, et le tribunal s'était basé sur son évaluation psychiatrique pour conclure qu'il n'était pas dérangé mentalement... Qu'il avait agi sous l'emprise d'une drogue.

—Je vois... c'est triste, mais malheureusement...

—Je n'avais pas revu mon frère depuis les meurtres de nos parents. Dernièrement il s'est manifesté et souhaite venir habiter chez nous, ma femme Denise et moi, et je ne sais pas si je peux accepter. Denise ne veut rien entendre de ça, mais il s'agit de mon frère, quand même ! Si je peux confirmer à ma femme qu'il ne représente aucun danger, je crois qu'elle accepterait qu'il demeure chez nous.

Le directeur adjoint hoche la tête, semblant comprendre le dilemme qui est le « mien ».

—Oui, bien sûr... j'admets que vous soyez perturbé, ainsi que votre femme, mais je ne peux répondre à votre demande. Il vous faudrait une autorisation légale pour avoir accès à ce dossier.

—De quel genre ?

—Par exemple celle qui concernerait une clause d'héritage, au profit de votre frère, que vous contesteriez. Un juge aurait pu vous accorder, alors, le droit de venir consulter le dossier psychiatrique.

Ça présente mal et je crains que ma visite ne me mène à rien.

—Et si j'obtenais un mandat de la police ?

—La police !... quel rappot ?

—J'y travaille. Mon supérieur, le capitaine Di Sario, pourrait certainement trouver un motif pour m'en procurer un. Vous savez que c'est toujours possible, quand la police veut vraiment quelque chose !

Le type se dandine de gauche à droite. Je crois que mon argument a porté.

—Hmm !... j'imagine que oui, si vous reveniez avec un mandat...

—S'il le faut, j'irai jusque là, car ce n'est pas seulement mon frère dont il s'agit, mais aussi de mon mariage ! Ma femme ne savait rien, jusqu'à récemment, du destin tragique de ma famille. Elle m'en veut de lui avoir caché la vérité au sujet de mon frère. Elle est persuadée que c'est un malade dangereux... elle parle même d'hérédité possible, juste au moment où on envisageait d'avoir un enfant !

—C'est absurde !... pardon ! pas si votre frère était sous les effets d'une drogue !

Je secoue la tête, tristement, en courbant le dos.

—Je sais... mais tant que ma femme n'en sera pas convaincue !... il fallait que cette tuile m'arrive maintenant !

Je dois faire pitié, car il hausse les épaules et doit me prendre vraiment pour un pauvre type avec mon ton pleurnichard.

—Bon, venez... nous verrons ce qu'on peut trouver aux archives.

Je le suis au sous-sol où l'on pénètre dans une salle remplie d'armoires en fer. Il passe en revue certaines et s'arrête devant une.

—Ah !... voilà les années quatre-vingts.

Il ouvre l'armoire remplie de classeurs cartonnés.

—Quel mois est-il entré ?

J'essaye de me souvenir de la date du rapport de police de Di Sario à Sept-Îles, mais j'ai oublié.

—Euh !... ça devait être dans les premiers mois de l'année.

—Oui... c'est pas évident ! Vous ne savez pas le nom du médecin qui avait examiné votre frère ?

—Non... non, aucune idée.

Il commence à s'impatienter et j'ai peur qu'il décide de ne plus donner suite à ma demande, quand son cellulaire résonne.

—Oui ?... ah !... oui, j'arrive bientôt. Je veux que Raymond me rejoigne aux Archives, avant.

Il coupe la communication et se tourne vers moi.

— Je dois y aller, mais quelqu'un va venir me remplacer. Je ne peux pas vous laisser seul ici. Regardez si vous trouvez ce qui vous intéresse, mais ne mélangez pas les dossiers et venez me voir ensuite.

Rapidement, un garde de sécurité arrive et le directeur adjoint s'en va après lui avoir dit de rester avec moi et de veiller à ce que je n'emporte rien. Il précise aussi que je dois uniquement regarder les en-têtes des dossiers médicaux sans les ouvrir... sauf celui de mon frère, si jamais je le localise !

Pendant plus d'une heure, je ne trouve rien concernant le séjour de Conrad dans cet hôpital. Je commence à penser que ma visite et mon numéro de comédien n'auront servi à rien, quand je tombe sur un grand dossier noir : « VISITES ». Je l'ouvre, plus par pure curiosité que pour y chercher un truc précis. Devant certains prénoms, je ne peux m'empêcher de sourire : Adélard, Anicet et autres qui fleurent bon le folklore d'antan. Mais, soudain, je ne ris plus.

— Oh putain !... c'est pas vrai !

Cinq minutes plus tard, je file chez moi à toute allure. À peine arrivé, j'appelle chez les Lortie et c'est Denise qui répond.

— C'est Robert. Est-ce que Léo est là ?

— Non, il est de service jusqu'à minuit. Il y a du nouveau ?

— Si on veut. Dites-lui que je ne bouge pas de chez moi. Qu'il m'appelle lorsqu'il rentrera.

Ensuite je téléphone à Sahara.

— Salut, ma belle !

—Où étais-tu ? j'ai essayé de te contacter toute la journée !

—À Québec. Je viens de rentrer.

—Qu'est-ce que tu faisais là-bas ? Tu es allé rejoindre une de tes « ex » ?

Sa question me prouve que Léo ne lui a rien dit de la mission dont il m'a chargé.

—Pas du tout, c'était professionnel.

—C'est pas ce qu'on m'a dit à *Écho-Matin* !

—À qui tu as parlé ?

—Une bonne femme un peu raide.

—Ah ! c'est Georgette.

—Elle m'a dit que tu étais en congé de maladie.

—Oui, j'ai arrangé ça comme prétexte avec mon *boss*.

—Pour faire quoi ?

—T'expliquerai. As-tu revu Léo ?

—Il est là !

Je reste un peu con, mais j'enchaîne vite.

—Passe-le moi s'il te plaît.

Cinq secondes après j'ai Léo.

—Malacci ?

—Tu ne devrais pas être au travail ?

—Je me suis fait remplacer. On peut se voir ?

—C'est justement ce que je voulais. Où ?

—Ici, chez Sahara ?

—C'est bon... j'arrive.

Je repars aussi sec. Quand je vais lui apprendre que Conrad doit être en train de se faire cuisiner, je me demande comment Léo va réagir. Je me gare en quinconce entre deux bancs de neige, car la dernière tempête me force à stationner ainsi. Les cols bleus de la ville refusent toujours de faire des heures supplémentaires.

Quand Sahara m'ouvre, on se file un bec rapide avant que je serre la paluche que me tend Léo.

—Tu l'as vu ? s'informe-t-il.

Hésitant, je regarde Sahara qui est songeuse.

—Vas-y, je lui ai tout raconté avant que t'arrives.

—Oui, j'ai vu Conrad. Il n'était pas au courant de ces crimes. Quand je lui ai dit que tu soupçonnais Zoé d'être la responsable, il n'a pas compris pourquoi tu pensais ça, mais quand j'ai mentionné que Valérie pouvait être la cible finale, il a conclu que c'était tout à fait plausible.

—Hmm... Il t'a demandé que j'essaye de la retrouver ?

Je grimace, car ce que je vais annoncer à Léo ne va pas le faire sauter de joie.

—C'était peut-être son idée... mais peu de temps après mon arrivée, les Dupont-Dupond sont venus l'arrêter.

—Qui ça ? aboie Léo.

—Dupré et Dupéré. Ils avaient installé des micros chez moi et ils n'ont eu qu'à se pointer à Tewksbury !

—Tabarnak ! ils croient que c'est lui l'assassin ? Ils sont malades !

—Ils vont vite le relâcher, Léo, t'en fais pas. S'ils n'ont aucune preuve contre lui, ils n'auront pas le choix, dit Sahara.

Léo se lève pour faire une chose dont je le croyais guéri à jamais. Il prend une cigarette dans le paquet de Sahara et l'allume, pour tirer convulsivement dessus comme un vieil accro de la nicotine.

—Les maudits ! jure-t-il entre deux bouffées au moment où on sonne.

—J'ai commandé trois clubs sandwichs, me lance Sahara en allant vers la porte.

Elle ouvre, mais le livreur n'est pas celui qu'elle s'attendait à voir: c'est Denise que pousse devant lui un jeune énergumène. Ce qu'il tient dans sa main droite n'est pas un sac de bouffe, mais un Python 357. Le genre de joujou qui crache des missiles en guise de frites. Le temps qu'on réalise, le type a cassé le nez de Sahara d'un coup de canon et propulsé Denise au milieu de la pièce.

Il entre en se marrant et débite d'une voix de fausset:

—Hi, hi, hi! Salut, les trous de culs!... Heille, Malacci! tu m'avais oublié? C'est moi... Lame!

Chapitre 31

Le mec est tout jeune et a une tête de mongol avec sa coupe en brosse et ses oreilles en chou-fleur. Quand il ricane, on dirait une poulie qui aurait besoin d'être graissée, mais j'ai plus envie de lui péter le crâne qu'autre chose. Avec son arme, il fait signe de nous coucher.

— À terre, les bras su' l'crâne !

Avec Léo et Denise j'obéis, alors que Sahara s'exécute en gémissant un peu.

— Toé, la plotte, ferme ta yeule sinon j't'la bourre de plomb !

— On peut savoir qui tu es, enfoiré ? je lui demande.

— Ouais, ouais ! tantôt, le féqueux, parc'que quand tu l'sauras, ce s'ra fini pour toi et tes *chums* ! Z'auriez pas d'la bière, des fois ?

— Non... mais j'ai du gin dans la cuisine, articule péniblement Sahara.

— Hi, hi, hi ! j'ai bien fait d'venir, chriss ! Va l'chercher, grosse pute, mais à quatre pattes !

Sahara s'éloigne comme il le lui a demandé. Le type doit la maintenir toujours dans son champ de vision, car il se déplace autour de nous. Quand Sahara revient avec la bouteille, il la fait tomber de ses mains d'un coup de pied et la ramasse vite.

—Couche-toi, guidoune !

Les sons d'un bouchon qu'on dévisse et celui d'une grande gorgée suivent.

—C'est avec ça que ta mère t'allaitait, on dirait ? je lui demande.

Il vient planter le canon de son *gun* sur ma nuque.

—Répète un peu, l'féqueux !

—Je voulais savoir si c'était avec du gin que ta mè...

Il ne me laisse pas terminer et m'assène un violent coup de crosse sur une oreille.

—Ma mère te chie dessus ! T'amuses plus à parler d'elle, tu la connais même pas !

—Moi, je la connais !

C'est Léo qui a parlé. Le type le retourne sur le dos d'un coup de botte dans la tronche. Léo le fixe sans dire un mot, calmement, sans baisser les yeux. L'autre doit faire pareil mais je ne le vois pas, allongé comme je suis à plat ventre.

—Si t'es si fort, mon hostie, tu dois t'douter qui j'suis ?

—Le fils de Richard et Zoé, je gagerais.

—Hi, hi, hi !... *jackpot*, mononcle ! j'suis sûr que Richard aurait été fier de moi, après tout ce que j'ai fait !

J'ai toujours pensé que ce malade avait comme seul but de me faire la peau, et non de me pister depuis qu'il connaît mon adresse. Je me suis fait piéger comme un amateur. Ce que j'aime encore moins, c'est de voir que ce cinglé s'est pointé avec Denise. Ça sent le règlement de comptes en famille.

—Et Zoé, où est-elle ? lui demande Léo.

—Elle t'emmerde et moi avec !

—Je peux au moins savoir ton nom ?

—Richard, comme celui qui vivrait toujours si c't'enculé d'Conrad l'avait pas saigné comme un porc !

Je l'entends avaler une autre rasade de gin. Je note que Sahara, allongée près de moi sur le ventre, a bougé rapidement vers moi au moment du glouglou de la bouteille. La connaissant, je me doute qu'elle voudra réagir quand elle jugera le moment propice et je m'adresse à Richard junior.

—Tu veux quoi, au juste, Richard ?

—J'veux savoir ! Tout' ! Tes annonces, pourquoi qu't'a fait ça, l'féqueux ? C'est toi qu'a eu l'idée ou c'est Léo ? À moins qu'ce soit une de ces deux putes ?

—C'est moi. J'ai trouvé drôle de jouer à ce petit jeu avec toi.

—Quel jeu ?

—Celui des nains !

—Tourne-toé !

Je me place sur le dos et ce que je vois ne me rassure guère. Il est penché sur moi, un poignard de commando dans sa main gauche et le Python dans la droite.

—Va falloir que j'en save plus, l'féqueux ! Tu m'as assez fait' courir pour rien !

—Oui, je sais aussi qu'un pauvre type a dégusté à ma place !

—Ah ouais ! Hi, hi, hi ! J'me serais bien laissé pomper si j'avais su qu'c'était un suceux, c'te « Grande Charlotte », mais j'étais sûr qu'c'était lui qui passait les annonces. Alors, couic !

—T'aurais pu lui demander, avant !

—C'est Zoé qui t'a demandé de tuer ces femmes ? demande Sahara.

—Eh ! t'as trouvé ça toute seule, ou mononcle t'a aidée ?

—Zoé n'aurait pas pu trancher des gorges aussi bien que celles des victimes, à cause de son bras atrophié, dit Léo.

Je fais comme si je le savais, mais je suis surpris d'apprendre ça.

—Exact, mononcle, fait Richard, et elle avait pas besoin de perdre tant de temps avec sa devinette. J'lui avais ben dit que le mieux, c'était d'faire ça vite quand on a su qui vous étiez, bande d'enculés !

Sahara remue un peu en gémissant.

—Bouge pas, toé ! la menace Richard.

—Je m'étouffe avec mon sang... faudrait que je sois sur le côté.

—OK ! salope.

Sahara se place lentement sur son flanc gauche.

—Ça va, maintenant ? je lui demande.

—Oui... mais ça ira mieux quand je me lèverai.

—Ferme ta yeule ! éructe Richard.

—Tu manques pas de couilles, je dois dire ! fait Sahara.

—Et tu les verras tantôt, quand j'en aurai fini avec tes *chums* ! ricane Richard.

Il se penche vers moi et passe sa lame sur ma gorge.

—Je crois qu'elle va aimer ! Qu'est-ce que t'en penses, le féqueux, je la baiserai avant ou après lui avoir coupé la gorge ? Est-ce que sa touffe est rasée, à elle aussi ?

Il tourne la tête vers Léo.

—Et toi, mononcle, tu savais que la plotte de la blonde à Conrad était d'même et qu'c'est c'qui m'a fait l'plus chier à faire sur ces bonnes femmes ? Leur raser la plotte ! Zoé y tenait, mais j'aurais préféré m'les enfiler plutôt que d'jouer au barbier.

—Mais pourquoi les avoir mutilées, en plus ? répond Léo.

—Tu m'demandes ça, enculé, alors qu'tu sais c'que ton frère a fait' à mon père ?

—Zoé a dû te dire que Conrad était gelé. Il ne savait plus ce qu'il faisait, cette nuit-là.

—Et c'est pour ça qu'on l'a pas condamné, je sais, mais à soir on va rejuger ça à not' façon, Zoé pis moi !

Denise, qui n'a rien dit depuis qu'elle est là, commence à sangloter doucement.

—Laissez-nous, implore-t-elle, nous sommes innocents ! Je devine que ça a dû être difficile pour vous...

—Ferme ça, morue ! hurle Richard, en allant lui balancer un coup de botte.

—Vraiment, il doit avoir une grosse paire de couilles pour frapper une femme comme ça ! T'es d'accord, Robert ?

Son signal est aussi clair que de l'eau de roche.

—C'est vrai... même si c'est un enfant de pute !

La réaction est immédiate, comme je m'y attendais. Richard me fonce dessus et sa lame me taillade une joue, au moment où je lui envoie mon pied dans les couilles et que Sahara exécute un arc de cercle rapide pour aller frapper une de ses rotules. J'entends le bruit sec d'un os qui craque, alors que Léo se relève pour plonger sur l'énergumène. Je suis debout aussi vite et j'attrape la main qui tient le poignard, pendant que Léo agrippe celle avec le Python. On se retrouve tous les trois à terre, Richard sur le dos, Léo et moi essayant de le désarmer et Sahara tournant autour de nous.

— Assomme-le, Léo, assomme-le ! crie-t-elle.

Mais c'est plus facile à dire qu'à faire. Ce fumier se débat comme une anguille et on a du mal à le maintenir au sol. Léo lui envoie un coup de tête dans les dents. Richard devient alors comme dément. Il vide tout le Python en ruant constamment, sans que Léo arrive à lui faire lâcher son arme. J'entends un hurlement hystérique, de Denise probablement, pendant que je mords jusqu'au sang la main qui tient le poignard. Le cri de douleur de Richard jaillit aussitôt.

— Ahhhhh !

Quand le Police Python est vide, ça pue la poudre tout autour. J'ai toujours mes crocs plantés, mais Richard ne bouge presque plus. Je me redresse et je vois qu'il fixe Léo d'un air démoniaque.

— Trou d'cul ! Zoé t'auras bien, toi aussi !

— Où est-elle ? crie Léo.

Richard ricane, hausse les épaules et a un mouvement de mâchoires. Une odeur amère me parvient de suite. Ses yeux se révulsent et il rend ce qui lui servait d'âme. Son corps est maintenant inerte et Léo se redresse lentement en le fixant.

— Cyanure !... murmure-t-il, le souffle court.

La voix de Denise nous parvient alors.

—Oh mon dieu !... c'est affreux !...

Moi, hébété, j'avance lentement. Je viens de voir Sahara, avec une grande tache rouge sur la poitrine. Juste entre ses seins. Vous avais-je parlé de leur douceur, de leur forme parfaite de pommes prêtes à être cueillies ? Non, je ne crois pas mais, dieu merci, la balle du Python 357 n'a pas abîmé ces beaux fruits. J'aurais certainement étripé celui qui aurait pu commettre un tel sacrilège ! Mais non, suis-je bête ! celui qui a failli y parvenir est mort, bien mort, l'odeur âcre du cyanure qui flotte est là pour me le rappeler. Oui, oui, ce fou est inoffensif maintenant. Et puis Sahara me fixe avec ses grands yeux noirs, comme pour me prouver que j'ai eu tort d'avoir peur. Tout va bien ! Réveille-toi, Malacci, réveille-toi !

—Hein !... quoi... qu'est-ce que tu dis ?

—Réveille-toi, Malacci !... Il faut retrouver Zoé ! Je sais où elle est ! crie Léo.

Il agite un bout de carton devant moi, mais je ne comprends qu'à moitié.

—Oui... d'accord, Léo... on y va, mais... Sahara ?

—Elle est morte, sacrament, arrête de la secouer ! Filons, la police arrive !

C'était donc ça, cette sirène que j'entendais dans mon rêve ?... mais, non ! J'ai beau les avoir crus souvent très réels, je ne suis jamais sorti de mes rêves, même du plus pénible, avec du sang plein les mains.

Chapitre 32

Dans ma vieille Renault 5 dont les phares percent difficilement la chute de neige épaisse, on roule sur la 20 Est. C'est Léo qui conduit, car moi j'en suis incapable. Depuis que j'ai réalisé que Sahara a fait le grand saut, je n'ai pas ouvert la bouche et Léo à peine. Il m'a dit où on va : à Québec. Il a trouvé un billet du terminus Voyageur pour cette ville, daté d'aujourd'hui, sur le corps de Richard. Denise est restée près de Sahara pour recevoir la police et Léo lui a demandé d'appeler aussitôt Di Sario afin qu'il contacte Dupré et Dupéré. Selon Léo, après nous avoir éliminé, Richard devait rejoindre Zoé à Tewksbury. Pour lui, ce qui est devenu clair, c'est ce que j'avais imaginé à propos des crimes. Zoé avait sûrement prévu de dévoiler à Conrad pourquoi elle avait fait assassiner ces femmes et qui serait la huitième victime : Valérie. Les fausses annonces de « Blanche-Neige », voulues par Dupré et Dupéré, étaient venues bousiller son rébus sanguinaire. Ayant certainement appris que Léo et moi avions retrouvé Conrad, et que j'étais sur le point de résoudre l'énigme des meurtres, Zoé avait décidé que ses frères devaient disparaître... ainsi que moi et ceux qui se trouvaient reliés à nous !

On a passé Drummondville il n'y a pas longtemps, il me semble, mais en voyant le pont Pierre-Laporte, je ne pensais pas qu'on roulait si vite. C'est faux, comme je le constate bientôt.

—Il était temps, fait Léo, je pensais qu'on n'arriverait jamais avec ta minoune !

—Ça fait longtemps qu'on est partis ?

—Plus de trois heures !

On continue pendant un temps et, sur la route de Stoneham, je me mets à trembler violemment.

—Qu'est-ce que t'as ? demande Léo.

—Je sais pas...

—Va prendre l'air.

Il se stationne et je vais faire quelques pas. Il doit faire un froid de loup, mais c'est bizarre je ne le sens pas. Tout comme la neige qui me couvre rapidement. Léo vient me rejoindre au bout d'un moment en tapant des pieds pour se réchauffer.

—Ça va mieux ?

—Non... pas vraiment.

—Tu... tu l'aimais bien, hein ?

Le tremblement augmente.

—Ouais... un peu plus que ça, même !

—Désolé, Robert... Sahara, je l'aimais beaucoup aussi... mais pas comme toi !

—On va faire quoi... là-bas ?

—J'sais pas, ça dépend de qui y sera.

—Et... si on la trouve ?

—Je la tue.

—Tu... tu en serais capable ?

—C'est une folle ! T'as vu ce qu'elle a fait de son fils : une vraie bête sauvage !

—Ouais !... je crois que... je vais...

— Je sais. D'habitude, ça vient plus vite après un choc comme celui que tu...

Avec un gargouillis violent je me vide l'estomac en tombant à genoux. Secoué par des spasmes, je m'appuie sur la calandre de ma bagnole. Quand j'ai fini de me vider, je me redresse et ce n'est que maintenant que je ressens le froid glacial.

— Ça va, maintenant ? fait Léo.

— Si on veut.

Arrivés à Tewksbury on poursuit, phares éteints. Il a déjà dû tomber au moins quinze centimètres de neige et, malgré la traction avant, la voiture a du mal à avancer. Quand on entre sur le terrain de l'Alliance, Léo est forcé d'arrêter. La pente qui mène au Centre est trop raide et les roues patinent. Il coupe le moteur et sort un 38 de sa ceinture pour vérifier son chargement.

— C'est celui de Sahara, pas vrai ? je lui demande.

— Oui. Viens, on continue à pied.

Rapidement on arrive à la maison qu'on distinguait à peine depuis la voiture. Aucun bruit ne nous parvient. Léo tourne doucement la poignée de la porte qui s'ouvre avec un petit grincement. Normal, je me dis. Qui viendrait voler quoi, ici ? Léo me fait signe de ne pas bouger, puis se dirige vers l'escalier qu'il monte sans bruit. Je perçois une odeur que je n'arrive pas à identifier, mais que j'ai déjà senti je crois. J'entends une ou deux portes qu'on ouvre lentement, puis d'autres plus rapidement. Je trouve que Léo ne prend plus trop de précautions et je me demande pourquoi. Quand je le vois apparaître, en haut de l'escalier, il me fait signe de le rejoindre. Il me conduit dans une chambre, à côté de celle de Conrad. Umabel gît sur son lit, la gorge tranchée. Dans les autres pièces, les membres de l'Alliance sont dans le même état : égorgés dans leur sommeil certainement. L'odeur que j'avais sentie en entrant emplit l'atmosphère. C'est celle, cuivrée et caractéristique, du sang. Comme je n'ai plus rien à vomir, j'arrive à la supporter.

—Zoé ? je demande, avec un calme qui me surprend.

—Ça doit... mais je ne vois pas pourquoi cette boucherie. Conrad n'était pas là.

—Ni Valérie.

—Non... elle n'était sûrement pas ici !

—Mais sans le savoir Richard a failli la tuer, vu que, depuis des années, elle ne s'appelle plus Valérie... mais Denise Lortie !

Il reste figé, puis hoche la tête.

—Comment t'as su ?

—Elle m'a dit, une fois, que vous vous étiez connus dans un hôpital. En revenant de Tewksbury, je suis allé à l'hôpital psychiatrique de Rivière-des-Prairies où Conrad m'a appris qu'il avait subi des examens avant son procès.

—Ah !

—Je n'ai rien pu trouver le concernant dans les archives de l'époque, mais je suis tombé sur un registre des visites de l'année quatre-vingt. Le nom de Valérie Pintal était mentionné, le même jour que celui de Léopold Bélanger !

—Je vois.

—J'imagine que ton frère t'avait demandé de prendre soin de Valérie, quoi qu'il arrive, et c'est ce que tu as fait quand elle est revenue vivre au Québec et qu'elle t'a contacté !

—C'est exact... Je lui ai procuré des faux papiers au nom de Denise Bellavance, à ce moment. J'avais peur que Zoé puisse la retrouver. Je n'avais pas oublié ce qu'elle avait crié à Conrad en s'échappant : « Ta maudite Blanche-Neige j'y ferai la peau, tu peux être sûr ! »

—Hmm !... elle ne s'était pas mariée ?

—Si, mais son mari, un pilote d'avion-citerne, s'est écrasé dans un incendie de forêt au Nouveau-Brunswick. Valérie est revenue au Québec peu de temps après. Elle savait où me contacter... et, surtout, que je l'aimais !

Léo a bien su berner tout le monde : Di Sario, Sahara, les Dupont-Dupond, Zoé et son cinglé de Richard, ainsi que ma pomme avant que j'aille fouiner dans les archives de cet hôpital de La Prairie. Je songe à tout ce qui est arrivé, depuis le jour où Sahara m'a fait part des meurtres sordides de jeunes femmes. Je repense au plan de Léo que j'avais trouvé foireux, sans le lui avouer, car j'étais trop heureux de retrouver Sahara quel qu'en soit le prétexte. Je revois le moment où je l'avais prise dans mes bras, pour juger si sa poitrine était toujours aussi ferme, soi-disant, alors que je n'avais qu'une envie : me le confirmer de tactus et de visu ! Je pense à nos rapports amoureux, à sa façon de m'appeler « grand fou » entre deux rires et des larmes me montent aux yeux. La scoumoune me poursuit, il n'y a pas de doute : *Fatalitas* !

Pendant que Léo fouine dans les chambres, je descends au rez-de-chaussée. J'ai hâte de quitter cet endroit. Je n'aime pas le silence qui y règne avec tous ces cadavres et cette odeur de sang.

Alors que je me dirige vers la porte, je vois soudain deux phares trouant la neige qui continue de tomber. Une voiture s'arrête devant la maison. Deux silhouettes en descendent et font irruption : Dupré et Di Sario, armes aux poings.

—Où est Léo ? s'enquiert Di Sario, d'un ton rude.

Je pointe l'index vers le haut. Pendant qu'il monte, Dupré vient vers moi.

—On a trouvé chez elle Elsa Castillo, un agent de la SQ, abattue par un certain Richard qui s'est suicidé ensuite. C'est la femme de Léo qui a alerté le capitaine Di Sario. Elle nous a dit que vous étiez en route pour ici et qu'Elsa faisait enquête, avec Léo et vous, sur les meurtres en série.

—C'est vrai. Ce Richard, c'est lui qui a tué Sahara... Elsa si vous préférez. C'est le fils de Zoé, la sœur de Léo et Conrad.

J'entends des pas qui vont et viennent rapidement à l'étage du dessus et des exclamations sourdes, au fur et à mesure que des portes claquent. Puis la voix de Di Sario nous parvient.

—Viens, Dupré ! Mais passe les menottes à Malacci, avant !

Dupré s'exécute et me fixe à un barreau de la rampe d'escalier. J'en ai rien à foutre, au point où j'en suis. Un peu plus, un peu moins ! Pendant qu'il rejoint les autres, je m'assieds sur une marche et je réussis à allumer une cigarette. Je me demande ce que Léo doit leur raconter mais, finalement, rien n'a plus d'importance pour moi depuis quelques heures... jusqu'à ce qu'une série de coups de feu me fasse réaliser le contraire et que, surtout, je suis enchaîné comme un bovin prêt pour l'abattoir ! La pétarade reprend de plus belle là-haut et je fais le tour de la rampe pour m'accroupir derrière son rempart illusoire. Une femme aux cheveux hirsutes, revolver à la main, déboule les marches en riant comme une hystérique. Pas besoin qu'elle se présente, son bras gauche plus court que l'autre l'identifie de suite !

— Attention, Robert ! hurle Léo.

Mais, c'est plus fort que moi, je réagis aussitôt. Au moment où Zoé franchit les dernières marches, je projette mes jambes de l'autre côté de la rampe. Zoé s'y enfarge pour effectuer un vol plané, en lâchant son arme, et en jurant.

— *Shiiit !*

Elle continue sa chute à plat ventre jusqu'à la porte qui s'ouvrait et elle vient s'arrêter dans les pieds de... Conrad, derrière lequel se tient Dupéré avec son arme ! Le temps que Zoé réalise ce qui se passe, Conrad l'a agrippée par le cou, la soulève comme une poupée et s'éloigne avec elle. Dupré, Di Sario, Dupéré et Léo, ce dernier tenant d'une main son bras ensanglanté, les entourent aussitôt.

— Qu'est-ce que tu es venue faire ici, Zoé ? dit Conrad d'une voix sourde.

— Régler une vieille histoire avec toi, enculé !

— Elle s'est cachée quand elle nous a vus arriver, Robert et moi, dit Léo. Elle devait attendre son fils !

— Lâchez-la, Bélanger, ordonne Dupré. La justice s'en charge maintenant !

— La justice, mon cul ! éructe Zoé.

— Comme ça t'as eu un fils de Richard ! fait Conrad.

—Eh oui ! pauvre niaiseux, c'est celui que t'aurais pu m'faire ! raille Zoé.

Conrad lui serre le cou un peu plus fort et Zoé grimace... mais de plaisir.

—Ouais !... fais-moi mal... j'ai toujours aimé ça... t'sais ben ! lâche-t-elle d'une voix rocailleuse qui me donne des frissons.

—Lâchez-la, Bélanger ! répète Dupré.

—Je veux savoir pourquoi elle était là ! répond Conrad.

Personne n'ose le lui dire. Moi, pas plus qu'un autre. C'est donc Zoé qui le fait, avec un sourire diabolique et sa voix rauque.

—Tu vas regretter tes p'tits copains, Conrad !... Ha, ha, ha !

Je vois les muscles de Conrad se crisper et à entendre les râles de Zoé, je me dis qu'elle va bientôt moins apprécier. Les autres se rapprochent lentement du couple, mais pas Léo. Il semble avoir compris que ça ne sert à rien et que Conrad ne laissera pas filer Zoé, cette fois. Conrad s'éloigne lentement, en tenant Zoé à bout de bras, dès qu'on s'approche trop d'eux.

—N'avancez plus ! crie-t-il.

—Écoutez-moi, Conrad !... elle finira en prison, ou à l'asile, je peux vous l'affirmer ! dit Dupré.

—Dites-moi ce qu'elle a fait ? hurle Conrad.

—Ils sont tous morts, lui répond Léo... et elle devait nous tuer ce soir, toi et moi, avec l'aide de sa raclure de fils !

—P'tite marde de flic, Léo !... écume Zoé. Eh oui, j'en ai pas manqué un !... faut dire que j'les avais tous drogués !

Dupéré range son arme et s'approche un peu de cette dingue. La pression sur le cou de Zoé s'accentue et un peu de bave coule de sa bouche.

—C'est ton fils qui a tué toutes ces femmes, à Montréal? interroge Dupéré.

—Bien sûr, bonhomme! C'était sûrement toutes des salopes, qu'est-ce que ça peut te foutre?

—L'une d'elles était tout pour moi.

—Oh qu'c'est triste! T'es qui, toé?

—Un de ceux qui t'as empêchée d'aller plus loin, avec les annonces sur Grincheux et Dormeur signées «Blanche-Neige».

—L'enculé qu'a tout fait rater! J't'arrache les yeux si j'te pogne, ordure!

Je revois Sahara, étendue morte dans son sang et j'ai le goût d'ouvrir le ventre de cette harpie. Dupéré la fixe dans les yeux un long moment.

—Tu veux ma photo ?... j'me demande si ta kékette est aussi grosse que ton pif, s'pèce d'épais! crache Zoé.

Dupéré se tourne vers Dupré.

—Je sais ce que j'aurais fait si j'avais retrouvé l'assassin de Manu, mais comme il ne peut plus nuire à personne...

Zoé se débat comme une anguille, en essayant de frapper Conrad avec ses pieds, car elle vient de réaliser pour son fils. Sa voix résonne encore plus rauque qu'avant.

—Mes osties d'trous d'cul ! Où c'qu'il est mon fils?

Dupéré se serre la gorge, en sortant la langue, puis pousse un râle qui n'a rien d'équivoque.

—Il est *kaput*, ton fumier de fils. Et toi je t'ai assez vu, espèce de folle!

Sans plus se préoccuper d'elle, il sort lentement.

—On doit quand même l'arrêter, bon sang ! fait Di Sario à Dupré.

—Faites-le si vous y tenez, réplique l'autre... mais sans moi.

Il vient vers moi, me soulage des bracelets et sort aussi sans un regard en arrière. Di Sario reste surpris, puis va vers Léo.

—Va lui mettre les menottes !

Il lui tend celles qu'il décroche de sa ceinture. Léo s'avance lentement vers Conrad et Zoé. Il ne semble pas très disposé à obéir à l'ordre de Di Sario.

—Ouais, approche p'tit frère !... je te promets qu'ce sera pas long, après ! Mon Richard n'a pas dû s'laisser pogner facilement non plus, j'imagine, hein ? ricane Zoé.

—C'est vrai, Léo ? demande Conrad.

—Oui. Il avait une capsule de cyanure.

Zoé regarde Conrad et je vois bien qu'elle n'attend que le moment où il devra lui relâcher la gorge pour croquer la sienne, de capsule.

—Tu penses quand même pas que j'vais m'laisser coincer comme ça, mon beau Conrad ? Ta Blanche-Neige, j'pensais ben que Richard amènerait sa tête, à soir. Dommage ! Et dire qu'on aurait pu être heureux nous deux, si t'avais ben voulu d'moé, au lieu de bander seulement pour cette rouquine !

Conrad maintient sa prise en la fixant.

—Oui, c'est vrai, on aurait pu être heureux... Valérie et moi !

Et, d'une torsion rapide des deux mains, il lui brise le cou. Je ressens aussitôt comme un grand soulagement. C'est tout juste si je n'applaudis pas, alors que le corps de Zoé glisse au sol. Di Sario se précipite vers lui et pose deux doigts sur sa carotide.

—Morte ! conclut-il en se relevant.

—Je sais, fait Conrad... mais elle m'avait tué aussi bien avant.... pas vrai, mon frère ?

Léo se jette dans ses bras et Conrad le serre contre lui. Di Sario rengaine son arme et regarde autour de lui, comme s'il venait d'arriver. Il se dirige ensuite vers moi, lentement, et me regarde en haussant les sourcils.

—Hmm... à première vue, je dirais qu'elle s'est brisé le cou dans l'escalier en voulant s'enfuir.

—Oui... j'étais même témoin !

CHAPITRE 33

Je déteste les enterrements, avec ou sans cérémonial. Encore plus quand c'est quelqu'un que j'aimais qui se retrouve entre quatre planches. Mais, pour celui de Sahara, je me suis fait violence en y allant. Je dois dire que c'était réussi, question mise en scène. Un détachement spécial de la SQ, avec le commandant Trottier en tête, était présent : costumes flambant neuf, fourragères, décorations et tout le bataclan. Sahara a eu droit à une salve d'honneur quand son cercueil est descendu lentement en terre. Je me sentais comme Harry Dawes aux funérailles de Maria Vargas dans *La Comtesse aux pieds nus*. Autrement dit, avec le même air défait que Bogart sous la pluie. C'était bien plus romantique dans le film, que cette foutue neige qui nous tombait encore dessus. Putain d'hiver !

Dupré, Dupéré et Di Sario étaient là ainsi que Léo et Denise, ou Valérie si vous préférez, et toute une flopée de policiers et de journalistes. La presse avait pu publier que le psychopathe qui faisait régner la terreur dans Montréal avait été trouvé et abattu grâce aux efforts conjoints de

Léo Lortie, du poste 33, et d'Elsa Castillo, de la SQ, qui devait perdre la vie lors du piège tendu chez elle au tueur. Les victimes de l'Alliance furent mises sur le compte de Raymond Lesueur, dit Umabel, responsable de leur suicide collectif. Léo devait m'informer, par la suite, que Zoé avait utilisé une drogue liquide, l'Halcion, qui avait rendu les victimes impuissantes, mais conscientes pendant qu'elles les tuaient ! Il devait m'apprendre aussi pourquoi il avait tant tenu à publier les annonces dans les « Courriers du cœur »... Autrefois, ç'avait toujours été la seule lecture de Zoé !

Curieux, comme d'habitude, j'ai voulu savoir si Denise envisageait de revoir Conrad. Elle m'a dit non car, pour elle, cet amour de jeunesse n'avait plus sa raison d'être.

—Tellement de choses sont arrivées depuis... Et puis, maintenant, ma vie est avec Léo.

—J'espère que vous serez moins jalouse, à l'avenir.

—Je ne l'ai jamais été. C'était uniquement à cause de Zoé que j'ai pu donner cette impression. Léo m'avait mentionné ce qu'elle avait promis de me faire, après que Conrad eut tué Richard ; j'ai toujours senti planer cette menace au-dessus de moi... et de Léo !

Dupré et Dupéré, reconnaissants envers Di Sario pour son silence sur la mort de Zoé, n'avaient pas été en reste question camouflage. Ils ne mentionnèrent jamais mon nom dans cette affaire.

Quant au corps de Zoé, je ne sais pas ce que Conrad en a fait. Comme personne ne le lui demandera, je présume qu'on ne le retrouvera jamais, car les forêts sont vastes au Québec. Le plus pénible pour moi, pendant que résonnait l'hymne funèbre d'un clairon, ce fut la présence de Pouliot revenu de son périple chez les Montagnais.

Il n'arrêtait pas de marmonner.

—Tabarnak, Malacci... on a manqué le *scoop* du siècle... *shit* de marde !

—Oui, oui, Alfred... mais tais-toi, je t'en prie, un peu de respect !

—Wow ! Malacci... mais tu pleures ?

—Mais non, idiot !... j'ai le rhume.

—Je préfère, parce que j'aurais pas compris !... Ça va être encore long tout leur cirque ?

—Mais la ferme, bordel de merde !

—OK, OK ! mais quand même, quel *scoop* on a loupé !

—Va donc chier... l'acarien !

FIN

ROBERT MALACCI...

... est né en Afrique du Nord, plus particulièrement en Tunisie, et il a fait ses études en France avant de venir s'établir au Québec. Réalisateur, concepteur et scénariste, il a travaillé pour la plupart des chaînes de télévision francophones et a mérité plusieurs distinctions dans ses diverses fonctions. Voici quelques années, l'auteur a entrepris une série de romans mettant en vedette son propre pseudonyme : Malacci. Nul doute alors que l'ironie mordante et la verve truculente du personnage s'appuient sur un personnage bien réel, celui de l'auteur !

Extraits du Catalogue

Collection « Romans »

Espionnage

Pelletier, Jean-Jacques

001 • ***Blunt – Les Treize Derniers Jours***

Deighton, Len

(Sept. 97) • ***SS/GB***

Fantastique / Horreur

Champetier, Joël

006 • ***La Peau blanche***

Fantasy

Rochon, Esther

002 • ***Aboli***
007 • ***Ouverture***
(Mars 98) • ***Le Rêveur dans la citadelle***

Polar

Malacci, Robert

008 • ***Lames sœurs***

Science-fiction

Vonarburg, Élisabeth

003 • ***Les Rêves de la Mer*** (Tyranaël –1)
004 • ***Le Jeu de la Perfection*** (Tyranaël –2)
005 • ***Mon frère l'ombre*** (Tyranaël –3)
(Sept. 97) • ***L'Autre Rivage*** (Tyranaël –4)
(Nov. 97) • ***La Mer allée avec le soleil*** (Tyranaël –5)

Pelletier, Francine

(Sept. 97) • ***Nelle de Vilvèq*** (Le Sable et l'Acier –1)

Collection « **Recueils** »

Science-fiction

Meynard, Yves

• ***La Rose du désert***

Collection « **Essais** »

Science-fiction

Bouchard, Guy

• ***Les 42 210 univers de la science-fiction***

Fantastique / Horreur

Morin, Hugues *et al.*

(Sept. 97) • ***Stephen King – Trente Ans de Terreur***

Lames sœurs
est le huitième titre publié
par Les Éditions Alire inc.

Il a été achevé d'imprimer
en août 1997 sur les presses de

IMPRIMERIE QUEBECOR
L'ÉCLAIREUR